有緣有幸同斯世

有緣有幸同斯世

金耀基憶往集

金耀基 著

香港中文大學出版社

《有緣有幸同斯世：金耀基憶往集》
金耀基　著

國際統一書號（ISBN）：978-988-237-252-8

出版：香港中文大學出版社
香港 新界 沙田・香港中文大學
傳真：+852 2603 7355
電郵：cup@cuhk.edu.hk
網址：cup.cuhk.edu.hk

A Lifetime of Serendipity (in Chinese)
By Ambrose Yeo-chi King

ISBN: 978-988-237-252-8

Published by The Chinese University of Hong Kong Press
The Chinese University of Hong Kong
Sha Tin, N.T., Hong Kong
Fax: +852 2603 7355
Email: cup@cuhk.edu.hk
Website: cup.cuhk.edu.hk

Printed in Hong Kong

目錄

繁體字增訂版序

2018年，我在廣東人民出版社出版簡體字的《有緣有幸同斯世》，轉眼三年。2020年初春新冠病毒武漢首爆，不一年，已成世紀性的全球災難。我像世界上每個地方的人一樣，都經歷了無情歲月的無奈之苦。但於我個人，三年來，感愴更深。就在這三年中，我失去了三位我敬重的學界朋友(高錕、傅高義、余英時)和我的五弟樹基。五弟的離世，我們五兄弟只剩下我一人了。到了老年，對人生的苦澀多了體悟。

香港中文大學出版社的甘琦，説服了我出版《有緣有幸同斯世》繁體字的增訂版。收入了我對離世四人生前或死後書寫的五篇文字。的確，他們每一位都是我深感到「有緣有幸同斯世」的人。我很感謝中大出版社幾位年輕同事冼懿穎和陳甜對此書出版的付出。

金耀基

2021年10月

自序

「逝者如斯夫，不舍晝夜」，不經不覺，我已是八十有三的人了。在八十年的人生中，從二十世紀到二十一世紀，這段歲月恰是中國歷史(甚或人類歷史)上一個發生巨變的大時代，我深以為我與同生這個大時代的人有一大因緣。對我這個八十後的人來說，與我「同生斯世」的有三輩之人：我的前輩(父輩、師輩)、我的同輩和我的後輩(子孫、學生輩)。進入老年後，常不由然會念想一生中與我「同生斯世」的師友。邇來，猛然覺到我的父輩、師輩之人今日大都已經仙逝，而與我同世代的朋輩友好也有不少已是駕鶴遠去的了。人生感慨，實多深矣。

這個文集收錄的是近三十年中我書寫父親，三位老師，十位前輩，八位同世代的朋輩友人的文字，大都是在他們身後對他們的追思之作，而有的則是在他們生前因不同機緣，為他們書寫的，但今與他們已是人天永隔，這些書寫也變成對故人所作的紀念文章了。本書中所寫人物，父親外，王雲五、浦薛鳳、鄒文海三位先生是我親炙的老師；錢穆、徐復觀、李約瑟(英國)、小川環樹(日本)、狄培理(美國)、朱光潛、李卓敏、費孝通、黃石華、龔雪因諸先生則是我前輩人物；蔡明裕(日籍華人)、孫國棟、馬臨、逯耀東、劉述先、郭俊沂、李亦園都是我同世代的朋輩友人。文集中還收入我寫給愛華女史的一信，這是我對她夫婿林端教授的哀思。林端、愛華伉儷都是學界中人，也是我學術上的知音。

特別要說的是，這本文集我所悼念、紀念之人，都是與我「同生斯世」的有緣之人，他們每一個都曾為這個世界增添光輝與溫情，他們更都使我的生命意義變得充盈、豐實，我之能與他們「同生斯世」不只「有緣」，更屬「有幸」，真的是「有緣有幸同斯世」。

當此文集付梓之際，回顧我八十餘年歷程，真還有許多「有緣有幸同斯世」的親人、師友，他們先後已離開這個世界，這個文集未有我對他們的書寫，但他們永存我心。

此書的附錄是我五十二年前為殷海光先生《中國文化的展望》一書所作的書評。殷海光先生是二十世紀五六十年代台灣一位思想界的領袖人物。我有幸在他晚年成為他「無不可與言」的年輕後輩。我的《從傳統到現代》一書與殷先生的《中國文化的展望》是1966年同年出版的，我們的專業不同，視域有異，但對中國之必須現代化的看法，甚多契合，可說殊途同歸，志同道合。殷先生之於我，實是「平生風義兼師友」，殷先生去世前，我對他當年的「新著」寫了一篇書評，殷先生亡故，我當年無有悼文，但於他去世五年後（1971），我在1966年所寫書評前加上了一段話（那時，殷先生的新著已成遺著），以表我對斯人斯書的誌念。殷海光先生誠亦我「有緣有幸同斯世」之人。

金耀基

2017年8月立秋後

人間壯遊

追念王雲五先生

今天是王雲五先生逝世二十週年，今天在這裏追念雲五先生的人，很多像我一樣，是他的學生，凡是親炙過雲五先生的人，對他都會有無窮的懷念。但是雲五先生不止屬他的親人、他的學生，或跟他做過事的人，雲五先生是屬他的社會、他的國家的。懷念他的人是無數識與不識的人，而他二十年前已走進了中國的歷史。二十年來，世事已有了巨大的變化，時光已模糊了多少人的面貌，但是王雲五先生給我們的印象依然是何等的清晰，他鮮明地活在我們的記憶裏，他不止在人間有九十二年的壯遊，他也繼續在歷史的長廊中壯遊。王雲五先生是二十世紀中國的一代奇人。

我們今天在這裏追思懷念的王雲五先生，確確實實稱得上一代奇人。通過一些歷史的距離，我們現在更能清楚地看到王雲五先生的奇特，更能體認到王雲五先生的不同凡響。雲五先生出身於平凡的學徒，他受的學校教育不滿五載，他的學問都來自苦讀勤修，十九歲任中國公學教員時，購《大英百科全書》一部，窮三年的光陰，一字一字地通讀一遍，實世所罕見，而其興趣之廣，毅力之堅，著實令人驚嘆。雲五先生正式的學校教育雖短，但他自少至老，不論是在做學徒，或任內閣副總理時，總是手不釋卷，眼不離書。他曾說：「寧一日不食，不肯一日不讀書。」而他所讀之書，不受學術範疇或界域之限。由於他對知識之飢渴，古籍今書固然無所不讀，中文的或英文的更是無分軒輊。雲五先生說：「中文，我想老翰林也沒有我讀的古書多；而英文，博士和專家也沒有我看的書廣。」他的淵博反映在他一百多種的著作中，也反映在他指導撰寫的三十二篇的博士與碩士論文中。這使他生前享有「活的百科全書」與「博士之父」的雅號。在學術分裂，專業化愈演愈烈的今日，出現像雲五先生這樣「文藝復興式」的通人可謂百年難得一有。

正由於王雲五先生多方面的興趣、知識與才能，他在中國二十世紀的大舞台上，扮演了各種不同的角色，每個角色他都全心地投入，每個角色他都做得有聲有色，大出版家、教授、民意代表、社會賢達、「內閣副總理」、文化基金會董事長、「總統府資政」……雲五先生精力充沛，擁有巨大能量，是一個有光有熱的放射性人物，應該特別指出的是，雲五先生自始至終是一個書生，但卻不是一個傳統式的書生。不過，他又具有傳統的「士」的意識，他不應考，不競選，不求官，他對國家事，對社會事，則有強烈的關懷。早在1911年，他二十三歲，是年，武昌起義成功，孫中山先生返國抵滬，當選中華民國臨時大總統，香山同鄉會設宴歡迎。先生被推為歡迎會主席，致詞陳説中華民國建國的意義，大為中山先生賞識，遂邀他擔任臨時大總統府秘書。民國政府成立，蔡元培先生首任教育總長，先生投書提出關於教育(特別是高等教育)的建議。在他，只是盡書生之「言責」，而蔡先生激賞之餘即覆函邀先生到教育部相助。先生以一席談話，以一紙意見書，受到孫、蔡二位的青眼相加，這當然反映出雲五先生有第一等的口才，有第一等的識見。像二十世紀許多卓越的讀書人一樣，雲五先生是一位有深厚民族情懷的愛國之士。1937年，日本發動全面侵華戰爭，中國陷入了空前危難。雲五先生奮起參與政事，自廬山談話開始，到抗戰時期的國民參政會，戰後的政治協商會、制憲國民大會、行憲國民大會，他以一個社會賢達的身分，以國家民族之利益為重，在黨派衝突紛爭之中，不時發出公正中肯之讜論。無論在促進抗日的團結上，或在推行國家憲政建設上，雲五先生都發揮了書生論政的傑出作用。1946年，政治協商會議結束，蔣中正誠邀先生擔任經濟部長，翌年，轉任國府委員兼行政院副院長；1948年，改任財政部長。抗戰慘勝之後，民力凋敝，而內戰方殷，人心浮動，國事在可為與不可為之間，先生則但問事之應為與不應為，全力以赴，不計個人之利害得失。先生之勇於任事，怯於諉過的大臣風格，最為蔣中正所理解。退居台灣之後，蔣在建設台灣過程中，對雲五先生禮敬有加，先生先後被邀請出任台灣故宮博物管理委員會主任委員、考試院副院長、行政院副院長，並先後主持行政改革委員會、經濟動員委員會等。1963年12月，先生以年逾古稀，堅請謝政後，轉任總統府資政。先生出任這些官職，或應付時難，或調和鼎鼐，或張立制度，或舉考人才，都是為了做事。做事，他是當仁不讓的，他對自己的才能也從不低估，他是一個極有自信的人。如果不是身處一個以黨治國的局面，先生或者早就是「內閣總理」了。反之，先生以無黨無派之身，卻屢屢受邀出任政府高職，不能不說是一異數，不能不說是蔣中正對先生有特殊的知遇。應該指出者，雲五先生後半生的大部分生命跟他同代的許多賢能之士一樣，都無私地貢獻給了台灣，台灣現代化之所以有今天成就，與雲五先生那一代人的辛勤耕植是分不開的。遺憾的是，他們都沒有見到中國大陸的翻天覆地的變化。但我相信，埋骨於台灣青山的雲五先生，一定高興知道中國大陸的學林出版社出版的《王雲五論學文選》已在內地發行了。

雲五先生曾在一篇紀念張菊生先生的文章中說：「要評論一個人，應把握住他的中心。」我覺得這句話用在先生身上並不容易。因為先生興趣才能是多方面的，而他的時代與國家在多方面都需要他。事實上，他的成就也是多方面的，他是一個有多中心的人。不過，如果我們一定要找一個中心的話，那麼，雲五先生在商務印書館的事業應該是他的中心。他說：「所謂中心是指他大半生所從事的工作。」的確，雲五先生大半生所從事的工作就是推廣和發揚學術文化的出版事業。1921年，先生以胡適之先生的推薦，出任商務印書館編譯所所長，自此與商務結不解緣。除了1946年至1963年，從政離開十八年，自壯至老，他都在商務，足足四十年之久。先生在商務，他自始就得到張菊生先生的全面信任，以是，他能夠放手做事，展布經營之大才。他引進科學管理，推動多種大部書計劃，業務蒸蒸日上，使商務成為中國最大的現代型的出版社。先生主持商務期間，商務三度毀於國難，而他三度使之復興，先則遭「一二八」之巨劫，繼則有「八一三」之厄運。太平洋戰事突發，香港商務基礎盡毀，先生在危難險阻之際，無不艱苦奮鬥發揮了卓越之毅力與智慧，使商務於劫難中一起再起，日新又新，穩然居於中國出版界之重鎮地位。雲五先生相信，學術文化為一國之靈魂。他辦商務就是為了中國的學術文化，商務除供應教科書工具書外，更著眼於整理古籍，介紹新知，提升學術。在先生主持下，「萬有文庫」、「大學叢書」、「中國文化史叢書」、「四庫珍本」、《雲五社會科學大辭典》、《中山自然科學大辭典》、《中正科技大辭典》、「人人文庫」、「岫廬文庫」，先後問世，對學術文化之貢獻，在我國出版界，無出其右。抗戰期間，先生以商務總經理身分考察美國出版事業，《紐約時報》以整整半版的篇幅專文介紹，標題是〈為苦難的中國，提供書本，而非子彈〉。的確，經過雲五先生手中提供的書本真不知多少，二十世紀的中國讀書人恐怕很少是沒有讀過商務出版的書的，雲五先生一生與商務有不解之緣，先生與商務是無法分開的，他是商務的偉大鬥士與化身。

王雲五先生一生多彩多姿，以一個小學徒出身，受正式學校教育不過五年，但卒能贏得「博士之父」的雅號，成為內閣副總理，成為世界的大出版家。「王雲五」三個字已成為一個符號象徵，它象徵了一個貧苦無依的人的奮鬥成功的故事。這個故事會世世代代地傳下去，「王雲五」三個字也會世世代代地傳下去。

雲五先生自謂人生若壯遊，他九十二年的生命，確是一次壯遊。先生在1961年一篇紀念愛迪生的文章中，曾提及他所作的一首〈反李白春日醉起言志〉的詩，這首詩是：

> 處世若壯遊，胡為不勞生。壯遊不易得，豈宜虛此行。
> 偶爾一回醉，終日須神清。雪泥著鴻爪，人生記里程。
> 豹死既留皮，人死當留名。盛名皆副實，人力勝天成。
> 人人懷此念，大地盡光明。

雲五先生這首詩，是夫子自道的言志詩，最能說出他的人生觀。李白的詩，主旨是「不要勞其生，不妨終日醉」，雲五先生則積極進取，他認為「得生斯世，無異壯遊，壯遊難得，不宜虛生。人人抱著不虛生的信念，必須努力對這個世界有所貢獻」。的確，他一生服膺愛迪生的生活哲學，那就是「工作、工作」。雲五先生自十四歲做小學徒起，就一直沒有停止過工作，他一生做了別人三輩子的事。他的一生，不但沒有「虛生」，並的的確確對這個世界有所貢獻，的的確確是一次有光有聲的壯遊。

二十年了，雲五先生離開我們已整整二十年了，但是，他沒有真正離開這個世界，一生壯遊中，他在這個世界留下無數的足印，他已走進了歷史，我們今天在這裏懷念的是中國歷史中二十世紀的一代奇人。

1999年8月

王雲五先生墓誌銘

王雲五先生號岫廬，原籍廣東香山，1888年陰曆六月初一生於上海，1979年8月14日卒於台北。在此九十二年生命中，正值一非常之時代，雲五先生在人間作了一次極不平凡的壯遊，他在文化、教育、學術、政治各方面重大之貢獻在世上留下深刻的跡印。

先生出身寒素，少時嘗為五金店學徒，所受學校教育不滿五載，然自十五歲起，半工半讀、亦工亦讀，至老不休，曾謂寧一日不食，不肯一日不讀書：先生學問皆來自苦讀勤修，十九歲任中國公學教員時，購《大英百科全書》一部，窮三年光陰通讀一遍，其興趣之廣、毅力之堅，可見一斑。先生於學無所不窺，乃罕有之通人。1954年講學政治大學政治研究所，十三年間博士碩士出其門下者百餘人，國人尊之為「博士之父」，先生一生未進大學，無一紙文憑，而得此稱號，可謂杏壇奇事。

民國十年(1921)*先生經其中國公學學生胡適之推薦，出任商務印書館編譯所所長，自是與商務結不解緣，自壯至老，凡四十年，心血盡注商務。先生掌館時，實行科學管理，開拓文化疆域，發揚國故，輸入新知，網羅全國學術精英，編印「四部叢刊」、「大學叢書」、「萬有文庫」等書，氣魄宏偉，識見深遠，領導書界與新教育連成一氣，出書之多與精為全國冠。中國讀書人鮮有未讀商務書者，商務曾三度毀於國難，而先生三度使之復興，故言商務必言先生。先生誠商務之偉大鬥士與化身也。先生不止為大出版家，其論著多至百千萬言，而中外圖書統一分類法之設計更屬創舉，四角號碼檢字法尤戛戛獨造。晚年主持中山與嘉新二文化基金會，皆吾國前未曾有，允為文化事業之新猷，至於興辦私人圖書館之志，民十三年(1924)東方圖書館已創其緒，1972年以所藏書及房產設立雲五圖書館，殆遂其素願耳。

先生一介書生，無黨無派，不競選、不應考、不求官，惟於國是則言其所當言，行其所當行，卓見宏識，英年早發。宣統三年(1911)，先生二十三歲，以一席議論受國父中山先生賞識，邀其擔任臨時大總統府秘書。民國成立，蔡元培首任教育總長，先生與之無一面緣，以提改革建議，蔡先生即馳書請其到部協助，終成莫逆。抗戰軍

---

* 此墓誌銘原文用民國紀年，收入本書時，編者增加了公元紀年的括注，並將1949年後的年份改為公元紀年。

興，國家多難，先生以在野之身，翼贊中樞，讜論廟議，風動四方。民卅五年(1946)以還，為報先總統蔣公知遇，歷任經濟及財政部長，行政、考試兩院副院長、行政改革委員會主任委員等職。或應付時艱，或調和鼎鼐，或張立制度，或舉考人才，義之所在，全力以赴，毀譽無所縈於懷。做第一等事先生固當仁不讓，做第一等官則進退有度。不矯情、不戀棧，五十二年謝政，還其初服，重返商務。無論為官為商，始終不脫書生本色，若先生者，真第一等人也。

先生家庭美滿，德配徐夫人淨圃、馥圃，生有七男一女，皆有成就。孫、曾孫輩數十人，各在海內外發展。先生重親情，但所遺子女者僅少許心愛字畫，其餘一切悉獻社會。

雲五先生自謂人生斯世，好像一次的壯遊。而今先生偉大之壯遊已止，惟先生人間的遺愛無止盡。

1980年4月 門人金耀基恭撰

達縣張光賓敬書

指南山麓的那段日子

懷逖師・憶師母

二十一年前，我考入政大政治研究所。政治所那時陣容不算大，但教授大都是名滿一時的學人，所長是浦薛鳳逖生先生。逖生先生早年是清華名教授，以《西洋近代政治思潮》一書享譽士林。此書與蕭公權先生的《中國政治思想史》，皆是千錘百煉之作，可說是國人論中西政治思想的雙璧。當時，指南山麓校舍簡陋，圖書不全，唯學術氣氛極濃。師生論學辯難，尤為融洽。真可說師生有別而無隔，長幼有序而不生疏離。這種人際的關係與那時的竹籬平房、小橋流水的自然風物，顯得特別諧和。廿餘年來，物換星移，人事多變，但每一回憶，總有無限親切。

政治所教授中，逖生師是比較嚴肅的。儘管在講堂內外，逖師可以議論風生，引人入勝，幽默風趣兼而有之，但他給我的總印象是嚴肅的，是一種溫潤的嚴肅。逖師的嚴肅只有在他夫人浦陸佩玉師母面前才完全地融化，而只剩下溫潤的一面了。浦師母是一位辯才無礙、人情練達、才幹出眾的女性。她跟我們的談話中，處處顯出她的見解，但也處處總以逖師為主題。每當師母講話時，逖師總是含笑頷首，擊節稱賞，有時還會情不容已地讚美。逖師是一位出色的講者，但在師母面前他是一個最好的聽眾。我們在校時，逖師每年至少會邀請學生去他家吃一次飯。有精緻的菜餚，有歡欣的氣氛，而最令人難忘的是逖師與師母那種相敬如賓的情景。師母有她自己的事業，但在家中，她是以逖師為中心的。師母是那樣無微不至地照顧逖師，也那樣親切地招呼逖師的朋友和學生。我相信，逖師在公務叢忙的生活中，仍能手不釋卷，孜孜於學問的研究與著述數十年如一日，實不能不歸功於師母。早於1938年出版《西洋近代政治思潮》時，逖師在序中就說：「此稿之成蓋有賴於吾妻佩玉之鼓勵者實多，謹此獻致，聊表感激。」逖師與師母之間的感情，不只有東方的情調，也有西方的趣致。

自政大畢業後，還不時有機會見到逖師和師母的風采。但自1962年，逖師赴美講學後，音訊就少了。同學聚首時少不了互詢逖師的近況，少不了悠悠的懷念。1964年，我與家洋兄出國去匹茲堡。在一個假期裏，我們在紐約見到述兆和德聲二兄。一見面就不由不談起指南山麓，一談到指南山麓，就不由不談起逖師。於是，不假思索地，我們就去橋港探望逖師與師母。車行數小時，到了橋港，問到了逖師的居處，但逖師與師母卻先二日到他處旅行去了。人生如飄蓬，聚散有緣，在師門逡巡少許，在薄暮中，我們悵然離去。

橋港尋師不遇之後，忽忽十餘載。我知道逖師在橋港大學，先是訪問教授，由於逖師的學養與教學受到該校師生的敬重，訪問期滿後被懇切挽留，並聘為學績卓越教授，近年榮休後，肩擔輕鬆，不時與師母雲遊各地。我偶爾在《傳記文學》看到逖師憶舊的文字，雖屬小品，但辭藻華美，結構嚴整，極見逖師的風格，睹文思人，聊解渴慕。

前年(1976) 5月，我從英國劍橋到美國劍橋，在MIT訪問研究。一日從余英時先生口中得悉逖師正也在劍橋，這真是出乎意外的喜息。我當即打電話給逖師，並於當日下午4時到溫德爾街拜見了闊別多年的逖師與師母。逖師沒有什麼變化，神態語氣都跟政大時無別，師母則變得很多，頭髮白了，人也瘦了許多許多。這是入眼的第一個印象。逖師為我介紹，說了幾遍，才喚起了師母的記憶。師母的親切依然，但反應與行動都遲緩了。逖師與師母相敬如賓之情致一如往昔，不過，當年逖師家中歡欣的笑聲，已變為恬靜的依依語絲。在我們談話時，逖師不時地關注著師母，不時地對師母輕輕叮嚀！傍晚時分，逖師的公子與媳婦回來了，楊聯陞夫人還帶了親烹的菜餚來，這間白色的花園屋裏頓時熱鬧起來。

逖師知道我還未見過哈佛的楊聯陞先生，就主動要陪我去拜訪他。楊先生是逖師在清華的高足，此後他們一直保持著深厚的師友之情。他就住在鄰街。我對楊先生欽遲已久，自極思登門一見。在綠蔭蔽日的途中，逖師除談起不久要在《清華學報》發表的論文外，整個話題都環繞著師母的健康。他告訴我師母年前患了腸癌，動過手術後，體力大減，記憶力也受了嚴重影響。逖師自己也得了同樣的病，這想是因為逖師太愛師母而起，經開刀後已經痊癒。我暗暗為此欣幸，否則現在逖師就無法那樣無微不至地照顧師母了。見過楊先生，我陪逖師回家，在夕陽晚風裏，揮揮手，逖師穿過綠籬，進入白屋，依稀間我見到師母迎著逖師。

去年歲末，收到逖師一封短箋，驚悉師母已於9月3日仙逝。翹首雲天，感觸低回者久之。逖師與師母素來相敬如賓，到了晚近幾年，更是相依為命。死者已矣，生者何堪？師母在逖師無比情義的關愛下，子女皆卓然有立，且孝心肫肫，想必會含笑西歸，但逖師失去了半個世紀來形影不離的老伴，內心的哀慟，又將如何？

今晚讀到逖師悼念師母的詩文，至情至性，感人肺腑。讀及「『恐吾傷心，卿終忍淚，思卿慟哭，吾欲斷腸』，無論天國永生，抑或輪回轉世，期有其一，俾得再聚」句時，憮然無語！

師母去了，但她留給逖師，留給她的親友、學生無窮的回憶！今春，我在台灣商務印書館見到逖師，他又回到了故土，精神奕奕，專心於學術出版的事業，相信，逖師在台灣更能尋回師母遺下的溫馨蹤影，而逖師在的地方，我們也終難忘指南山麓的那段日子。

1978年7月8日於香港

天涯點滴悼景師

景蘇師（鄒文海先生）去世的消息是我中學老同學陸民典博士告訴我的。民典的老太爺是景師的好友。民典知道我一直關念著景師的病情，所以當他從報紙看到這則不幸的消息時就立刻打電話告訴我。我忘了當時跟民典說了些什麼，但我當時很深切地體認到這件事的悲劇性的意義：我再也見不到這位可敬可親的師長了。

景師的死，引起我無窮的感觸，又一度勾引起我對生命最終意義的嚴肅疑問。在這個「上帝退隱」的「世俗之城」裏，對這樣的人類最終的疑問，每個個人已孤獨地被迫提供「自我鋪設」的宗教的或哲學的解答。可是，我的疑問只終於疑問，而非終於解答。當時，我覺得我有一種衝動的需欲，一種與人「交換痛苦」的需欲。因此，我寫了一封悼念景師的信給堅章。在與堅章做交換痛苦的需欲的過程中，我似乎解脱了一些，也似乎漸漸有勇氣去接受這一不可能接受的事實。

景師走了，遠遠地走了。可是，景師走得越遠，我們似越能體認到他的整全的存在；景師走得越遠，我們似越覺得他是那麼地接近我們。真的，景師根本不會真正離開我們。他原來一直都在我們心中。的的確確，不管你的心地是怎樣狹小，總不難留出一個空間來給景師的。在充滿虛偽、疏離的世界裏，誰又能不希望有這樣一位師長長永地活在你的心中？

指南山麓留給我許多常青的回憶。那藍天、綠田、小石橋、淙淙溪流……都是我喜愛的，但是令人慕念不已的還是良師益友的聲容音貌，在1957年到1959年那七百多個日子裏，我雖不曾全忘於採擷知識的花蕊，但我曾沉湎於編織人生的夢景。政治學是一門「可能的藝術」(the art of the possible)，但指南山麓的青藤綠葉卻允許我編織「不可能的夢景」(the dream of the impossible)，景師就是永遠一方面教導我們「可能的藝術」，一方面鼓勵我們懷育「不可能的夢景」的。其實，景師自己就是生活在現實與夢景之間的人。

景師從不唱高調，也從不做教條式的講話，因為他了解教育與宣傳不是一回事。他愛國之心極深，但他更清楚，作為一個學人，對國是的態度不必在「替政府抬轎」與「為反對而反對」兩個極端的路向上選擇一條。他對現實世界有很深的苦悶，但他對現實世界的態度卻不是鄙視，而是關懷。景師一點也不熱衷「政治」(世俗之人所了解的政治)，但他卻十分用心於「政治」(政治學中所討論的政治）。就政治思想與行為來說，景師是中國儒家傳統與西方自由主義傳統下的精良產品。他不把學術與政治看成對立物。顯然地，景師不接受奧古斯丁以來視政治為罪惡的一派之看法，而較接近中國儒家及亞里士多德等對政治之觀點。他認為研究社會科學的人應該有參與政治的心念。在1968年11月24日景師給我的信中，有一段這樣的話：

> 吾弟出處，治學或從政，皆是相宜，惟擇一而專心為之，成就必更大。余並不主張都走向治學之途，尤其研究社會科學者，本有用世之心，有適當機會，不妨努力為之。

景師的話或許是有感於我在政治所畢業後，徘徊於學術與現實工作之間，而二無所著而發的。這應該是對我個人及其他與我有相同情形同學的一個最貼切的教誨。但這話更證明景師對政治的肯定，對現實世界的關切。

景師在思想上雖然受儒家傳統與西方自由主義傳統的影響，但景師是第一流的知識分子，卻不是中國的士大夫；是極出色的學者，卻不是西方學院型的學究。他是突破超越這兩個傳統的人。他的突破不必是用力的，他的超越是自然而然的。中國儒家與西方學院系統下的「執著性」與「機括性」全不在景師身上留下痕跡。他，冬天，一頂鴨舌帽，一襲青袍，那樣灑脱；夏天，赤身露肚，全無遮礙，何等自在。景師不是酸儒，亦不是蛋頭，他的人格世界有一種特有的風姿與藝術性。景師像一首詩、一幅畫。

善讀詩者，必能體味到這是一首真意流動的無隔好詩；善讀畫者，必能欣賞這是一幅天機洋溢的無隔好畫。我常以為景師是最使人產生「無隔」感的。我每次有幸向他請益，總為他那份「真的自然」所吸引，總為他那份「自然的真」而神往。因他有「真的自然」，所以特別可親；因他有「自然的真」，所以特別可敬。堅章在1970年2月12日給我的信中說得好：

> 在眾多的人物中，有不少是可敬的，但並不可親；也有許多是可親的，但並不可敬；可敬與可親兼備，並達到鄒師者，實在太少……也正因為如此，在公祭那天……不僅與祭者為之悲慟，所有在場的其他人士，也幾乎都為之落淚。事後殯儀館的執事人員也說，場面大的他們見得很多，但在公祭中感人之深者為之僅見。

堅章兄這幾句簡單的話曾把我帶到那天公祭的現場，也讓我參與分受了同學的那份悲慟！

景師的「人格世界」在基本上是「中國的」，但他的「學術世界」則似乎是「西方的」。景師飽覽中西典籍，尤傾力於西方的政治思想與制度。景師的書不但讀得廣，而且讀得深，不但讀得深，而且讀得活。因此出於景師手下的文章總是有廣度、有深度，並且真正成為他自己的。當我在台大讀書的時候，偶然間接觸到景師的《代議政治》一書，開卷之後，便不容不一口氣讀完，我不只為他精邃的見解所折服，也為他清新靈透的文字而醉心。幾年以來，我曾讀過好幾遍，每讀一遍，都有新的收穫。這是政治學著作中一本真正成熟的佳構，此書不只展示了高度的學力，並且還顯示了作者敏鋭的透視力與執簡馭繁的綜合力。此書真可擔當得起王荊公「看似尋常最奇崛，成如容易卻艱辛」兩句詩的讚美。可憾的是，景師沒有一個較好的研究與寫作環境，否則我們一定可以品嘗到更多的學術佳餚。

曾經親炙景師的人是有福的人，他的人格精神將永遠或多或少地影響我們，至少會使我們在這一「失落的時代」中抓到一些可以「認同」攀援的東西。現在，我們作為學生的應該作一種努力，將景師的零星文字匯編整理出來，由同學集資刊印行世，讓門牆外面的學子也有一見景師的「學術世界」的機會。但這不是一樁簡單的工程，因為景師最有成就的西洋政治思想史，雖然已列有大綱大目，並且已大都陸續單獨成篇，但有些重要的題目還只有口説(課室中發表的)，而無筆墨。因此如何把口説形成文字，如何把散落的斷簡零篇集為脈絡一貫的整體，依個人所見，恐怕只有待專治西洋政治思想史並極有心得，而且又與景師十分接近，像堅章兄那樣的人才能擔承起這份重組、整編的工作。此外，假如有哪位同學能夠為景師編一個完整的年譜，以彰顯這位現代學人，這位現代知識分子的生平事跡，那不但是對景師的最佳獻禮，並一定是與景師識與不識的人所感激不盡的。

日前收到日青兄的信，説政研所第四期年刊將出版紀念景師的專號，讓每位同學寫一點紀念性的文字。我很謝謝日青兄不遺在遠的友情，給予我一個機會，坐下來靜靜地回憶指南山麓的前事往景。真的，我又依稀地看到那藍天、綠田、小石橋……那鴨舌帽、那青袍……我又一遍遍地誦讀著那首無隔的詩，品賞著那幅無隔的畫！

1970年4月28日深夜於匹城

「相思」欲靜，而山風不息

敬悼父親（一）

4點50分整，在午後一個會議中，工友靜靜地開門進來，交給我一張紙條：「金先生，急事！請回電話。Wendy。」Wendy是我的秘書，不是有要緊的事，她不會打斷我開會的。

「有什麼急事？」

「金先生，壞消息，請您控制一下……您老太爺下午4時在台灣去世了，是心臟病。金太太打電話來，她剛接到台灣的長途電話。」

這是我最擔心的事，真的發生了，也終於發生了。我一直怕台灣的長途電話，就是怕聽到這件事。父親是八十二歲的老人了。是的，他很健朗，今年暑假還見他每晨腰骨筆挺，握管疾書，機場分別時，人群中還一眼就看到那一襲筆直的長衫，那濃濃的長眉、炯炯的眼神。但每次離開他老人家，總不禁想起他的年齡，總禁不住會往那方面想，何況前些日他老人家的肝炎又曾發作過一次。不過，父親11月28日的信不還是那樣清晰有力？哪裏有半絲跡象呢？不想我擔心的事真的還是發生了！父親11月28日的信竟是他給我最後的手教了！而松山之暫別竟是我與父親最後的訣別！這我又怎肯相信呢？！

離開會議室，匆匆返三苑的寓所，腳步總快不起來，走十五度的斜坡，身子如負千斤。藍天依然，碧海依然，同事見面的揮手依然，我的世界卻再不會一樣了。信箱中再不會有父親的來信，松山機場再不會見到那一襲筆直的長衫，那濃濃的長眉、炯炯的眼神了。那對濃眉與炯炯的眼神，我們兄弟小時候都有些怕意，大了以後才越來越覺得慈祥。自做了人父，我們才真正體會到父親不只可敬，而且可親，但我們都不曾說出來。父親與我們不是無話不說的，感情的話總是埋在心裏，他對我們如此，我們對他亦如此。上次機場叩別時，他也只淡淡地說：「暑假有空可回來聚聚，大家都高興。事情忙就不必，你那邊工作一定很多的。」唉！暑假還會再來，卻歡聚已不可再得！走著，思著，父親的身影在淚光中徜徉浮現，正想認清些，山風卻又把他吹散了。

回到三苑的家，妻無言地迎著，眼圈紅紅的。

「爸爸是4點時去世的。爸爸去時很安詳，母親他們都在身邊。」妻強自抑制，仍不免淒咽。小鳴，我們最小的孩子，一邊用手在額上胸前劃十字架，一邊偷偷看著我和妻。他讀的是教會小學，他知道劃十字，但他真懂得什麼是死嗎？他真認識他的爺爺嗎？是的，他認識爺爺的。每次問他記不記得爺爺，他就會用誇張的字眼和手勢描寫爺爺的眉和眼，就像我們小時候一樣，帶一些敬畏的怕意。我反而暗暗慶幸，慶幸他不真認識那眉和眼，慶幸他不真認識他有一位這樣好的爺爺。真的，何必讓孩子也負擔那份大人懂事的悲愴？

晚上，接通了台灣的長途電話，兄弟間話還未說，聲音已經哽咽，培哥、裕哥、樹弟、銘弟斷斷續續告訴我父親去世的情形，當談及喪事安排的時候，再也無法講下去，也無法再聽下去了。人子失落父親的哀痛又如何能由言語承載！母親二次接過電話，只叫了我的名字，已經痛絕無聲。我只遠遠聽到漣姐要母親勿難過的泣聲，當母親呼喚我時，我竟木然，拿著話筒無語以慰，淚汩汩流下，是自怨，是慚愧，還是只有哀傷？我接過妻輕輕送來的手帕。母親也快八十了，她與父親結縭以來，相敬如賓，六十年的厮守，雙親早已化二為一，而今父親撒手仙去，殘缺的一半將何以堪？

妻無語，我也無語。回到書房，妻靜靜地在書桌上放了一杯清茶，又無語地走了。

今晚無月，窗外山坡上一排排常綠的「台灣相思」，仍隱約可見，還不時聽到它們在風中的蕭蕭。展開父親的手稿，睹物思人，使我更接近父親些，使我多少也能像在台灣的家人一樣伴侍在他老人家身旁，一樣的無言，一樣的伴侍。多年來，我們幾次敦促父親寫些他過去的事，他總說沒有必要。六年前，他經不起我再三的請求，才用毛筆以行書寫了這本薄薄八十頁，不過一萬餘字的自傳。父親字臨王羲之、顏魯公，雖不是書家，卻有帖意，秀逸渾厚兼而有之，很能顯露他的性格。自傳裏所述的事，不是什麼豐功偉績，但卻真實地顯出了一個做人的道理，一個做人子、做丈夫、做人父、做朋友，做一個君子、一個好人的道理，也真實地顯出了一個讀書人服務政界所表現的忠於職、勤於業、勇於負責、以德自修、唯法是尚的精神。是從父親的身上，我肯定中國傳統道德倫理的價值，也是從父親的身上，我體認到做人是件如何莊嚴艱苦的事！父親沒有留給子孫什麼財物，但他老人家遺留給我們一份作為人子最可珍貴的禮物——他使我們感到清清白白，他使我們擁有一個「獨行無愧其影」的人父！

夜闌人靜，摩挲手稿，一切都似舊，一切也都已兩樣。書在而人已云亡，「相思」欲靜，而山風不息！

1977年12月21日晨3時於香港

奔喪

敬悼父親（二）

12月21日，倉皇踏上中華八二八客機，只帶了妻為我收拾的幾件輕軟衣服與用品，但這次台港間海峽飛行卻是如此沉重！

一艙的旅客，為何都那樣喜形於色？「先生，您要看報？」鄰座的中年男子好心地遞過一份報紙。他旁邊的女士想必是他的太太。我還未接過報紙，他跟著說：「您去台北公事？觀光？」

我搖頭，問：「你們呢？」

「我們去看他父母，順便在台度假。」那位女士興奮地搶著答。

呵！我也曾經有過這樣的喜悅，也曾有過希望別人知道自己喜悅的衝動。現在呢？我不嫉妒，只突然湧起一份從未有過的自憐。

機外，白雲悠悠，太多的回憶，一切如在眼前，一切又都似遙遠得無從捕捉，但我記得清清楚楚，父親答應明春來港小住的。妻與孩子早就在盼望了。

機身著地的撼動，震散了我的回憶。當步出候機室時，遠遠就見到裕哥、樹弟在招手，他們臂上的黑紗麻布是那樣觸目！培哥、銘弟也都在。只是父親不見了。這些年來，他老人家每次都來松山接我送我的。他對小輩總是那樣地客氣，總是那樣認真地看待每一次的接與送，每次，我一抬眼就先看到他那筆直的長衫，那濃濃的長眉，那炯炯的雙眼。我又禁不住抬眼，但所見的只是一片人海，茫茫的。

「我們走吧！我們先去看爸。」培哥哽咽著，他憔悴得可怕！

父親被殯儀館工作人員從冷凍間移出來時，我心如刀割。淚光模糊中，父親濃濃的長眉依然，但炯炯的雙眼已緊緊合閉。一聲聲的呼喚，都投入無底的黑色蒼穹。台北香港，近在咫尺，而我竟無緣見父親臨終一面，哪怕是炯炯慈眼的一瞥。

父親的靈體很快就被移回了。寒戰戰，屈膝叩別。從不曾有這般的無奈和無力。

離開殯儀館，民權東路萬家燈火，我竟覺在陌生的路上。

踏進南京東路的家，一片寂靜。客廳已轉為靈堂。往日我嫌太嘈雜的歡笑已不在。一群侄兒侄女都坐在桌邊，跟著嫂子和弟妹們折著元寶。

靈台依邊牆上，父親的像栩栩若生，炯炯雙眼又在濃濃長眉下射出慈光，只還是一語不發。下面豎著木牌——「顯考金公諱瑞林府君之靈位」。在垂淚的燭邊，放著一封信，好熟悉的筆跡，是我的！「耀弟，這是你的信，爸沒有收到就去世了。我們代為拆開了，放在這裏讓爸看。」漣姐淒楚地在旁解釋。啊！父親，您為什麼那樣匆匆？連我已發出的信都不及看就走了？！最近事忙，少寫信，這封信是出完試卷後就趕著寫的。早知這樣，再忙，又何嘗不能抽出時間？！自責又有何用，幽明兩路，一切都已太晚。燃三支香，默默叩拜，焚了信，借一縷清煙，稟呈孤往青冥的父親。

「媽在房內，有人陪著，你進去，小心些，見到你，怕她受不了。」已記不起誰在叮囑。

拖重重腳步，強自鎮靜地進入房間，母親已聞聲從床上下來。趨前迎著滿臉淚痕的高堂，「兒啊，你爸走得太快了！」母親無力地搖著頭。那灰白的頭髮在燈光下是何其灰白啊！「媽，爸這樣走，不痛苦，是無疾而終，他也是八十多的人了，您要想開些。」這是人人會說，但也是我唯一能想得出的話。說著再也不能控制奪眶而出的淚水，而我也再說不下去了。還虧嫂子弟妹們把母親扶回床上，只聽母親淒嘆著為什麼不能跟父親一起去。母親出自名門，近六十年前，後母把她許給深山冷坳的小村中一個窮年輕人，從此二人連理同根，甘苦共嘗，這個窮年輕人，人窮志不窮，離開了深山冷坳，苦學奮鬥，沒有依憑和援助，終於靠著他的品格、學識和政聲，望重桑梓，成為鄉里第一人。深夜，大家圍在床前，母親服了安眠藥，還是睡不著，她躺著泣述父親的生前事！

父親的友好鄉人，都那樣熱心幫忙，棺木很順利買好了，是上好肖楠的，一位鄉長輩徐先生把棺木上下左右，一寸寸地檢查過，連棺底都看了。「金先生生前為人忙，我們一定要他死後睡得安安穩穩的。」我連感謝都難啟齒了，他又豈是為了我們的感謝？壽衣也做好了，是一位同縣裁縫親手做的。他平常都把這些工作發包給別人做，因是父親穿的，他和太太親自趕工，一絲都不肯馬虎。為了找墓地，鄉郊已跑過幾次了。七十多的蔣老伯自告奮勇，帶我們兄弟披荊斬棘，在亂草橫生中，走過一個個山頭。我們歉疚地要他休息。「你們父親為了幫朋友覓墓地，不知爬過多少次山，他年紀比我大得多！」啊！父親，這幾天我好慚愧，慚愧是我知道您太不夠了！父親，您會中意我們選的墓地的，我不懂風水，但這是一個風景秀麗的山頭，青山有靈，也會感到有幸埋您清骨！

12月25日，回台第五天，父親大殮，我們決定等明年1月26日公祭出殯時再發訃文，大殮的淒苦只想限於親人。但上百的至親好友還是在細雨涼風中來見合棺前的父親一面。

3點半，家祭開始，培哥持香帶領我們到冷凍間，看父親穿上壽衣，再慢慢將他接迎到靈堂。父親的樣子好安詳，像睡著一般，這樣我們才放心，母親見了會好過些的。真的，我們真擔心她老人家，她也快八十了，還有著心臟病，剛才裕哥扶她入靈堂時，哀號悲呼，多麼淒其摧裂！現在母親總算靜下來了，她是為著祭弔的禮數而強忍住的，她癱瘓地、含屈地坐著。靈堂的挽聯在哀樂淒風中微微飄動：「六十載結縭，化身為一，一旦傷心成獨活，那堪白首兩分袂；萬千日相守，甘苦與共，遽而愴痛分兩界，唯期來生續今緣。」上款是「春山夫君靈前」，下款是「未亡人范相春泣挽」。

4時，大殮的時刻到了。靈幃內，帶淚的臉圍繞著父親，擠得滿滿的，最小的孫女小清清五歲，央人抱著她看爺爺。母親佝僂的身子越發佝僂了，她彎著腰，端詳著父親，臉色蒼白得跟父親一樣，只是更多淚水滾動。我們不忍她多看，又不忍不給她多看看。

一條條被覆蓋在父親身上，接著是手杖、扇子……最後，是幾樣父親生前喜歡或常伴的東西。四書、《唐詩三百首》，王羲之的《聖教序》、毛筆、墨盒、墨、宣紙，還有他手著的《命學指南》和一本《太上感應篇》。四書是父親十歲時就讀了的，他專攻法律，禮佛，但一生立身行事則完全是儒者本色，四書一直是他常讀的。《唐詩三百首》也是他喜歡的，父親嫻於詩文，最愛李青蓮、杜少陵。十四歲時，所作詩文，已為鄉里稱羨，天台縣令金湯侯先生，聞而傳見，以青蓮「高松來好月」句屬他對，他即應聲以少陵「野竹上青霄」之句對答，天衣無縫，備受讚許。相信父親在天上地下一定樂於詠詩遣時的。父親熱愛書法，最崇王羲之、顏魯公，王的《聖教序》是他常臨的，他從小就能寫擘窠大字。最近十幾年，每日勤練，從不間斷，去世前幾天還應邀寫了一幅顏魯公的《爭座位帖》

準備送去展覽，遒勁渾厚，極得顏之神骨，樹弟、銘弟聽說父親常用之銅墨盒不能入棺，兩天前還特去買了一個上好石墨盒，也真算是一番孝思。《命學指南》是父親在1952年出版的，他研究命理，始於1914年，公餘之暇，每以推論命造為樂，這可說是他最大的業餘消遣，可惜他子女中無一人對此有心得，我更是一竅不通。《太上感應篇》則是父親自1964年春間起，每日都要念誦三遍的。我們把他手寫的一本留下作紀念，五兄弟及漣姐每人手抄一段，合成一冊，書面則由父親晚年最親近的孫女娃娃寫好，父親大概會同意我們這樣做的。

蓋棺的剎那，又不忍地扶母親過來看一眼，讓她向她結縭六十載的老伴道別。母親的淚已乾，聲已啞。

釘棺的聲音，驚醒我，父親是真正離開這個世界了！

返港的前夕，時近午夜，人都散了，房裏只剩下母親、娃娃和我。娃娃從小就跟爺爺奶奶的，她是爺爺的「掌上珠」。

「娃娃，還不去睡！」

她站在我旁邊，看我寫信：「三叔，我能問您一個問題嗎？」娃娃講話很小時就這樣有條理的。

「好的。」

「爺爺真的上天了嗎？」她用小手往上指指。

「噯，是的！」

「您說真有天堂？老師說沒有看到的是不能信的。」

「沒有看到的不一定都不能信。你希不希望有天堂呢？」

娃娃稚氣地點點頭，然後回到奶奶的床上，自己蓋上了被。

七天，回台已一週了，喪假已滿，我必須走了。真想悄悄地走，反正父親也不會再去機場的了。

1978年1月2日深夜於香港

在歷史中的尋覓

憶國學大師錢穆先生

8月底自歐洲開會、旅遊後轉抵紐約長子潤生家。9月1日，在香港中大同事給我的傳真中，驚悉錢賓四先生於8月30日謝世了。內子元禎與我相對憮然，太息久之。從1977年以來，錢先生在我夫婦心目中，不只是一位望重士林的國學大師，更是一位言談親切、風趣可愛的長者。

9月3日，從紐約返港後，即參與中大及錢先生生前在港有關的教育文化機構籌備追悼會的事。校方決定由我與新亞書院院長林聰標教授代表香港中文大學，專程到台北參加9月26日錢先生的祭禮。香港各界並定月之30日在馬料水中大校園舉行隆重之追悼儀式。錢先生一生從事學術與教育，創建新亞也許是他所花心血最多的。錢先生擔任新亞創校校長達十五年之久，新亞創校初期，風雨如晦，雞鳴不已，當時無絲毫經濟憑藉，由於他與唐君毅、張丕介諸先生對中國文化理念之堅持，在「手空空，無一物」的情形下，以曾文正「紮硬寨，打死仗」的精神，克服種種困難，終於獲得雅禮協會、哈佛燕京社等等的尊敬與支持，到1963年新亞與崇基、聯合兩書院結合成為香港中文大學。新亞自此得到了一個經濟上長遠發展的基礎，而也就在這個時刻，錢先生決定自新亞引退了。他這種「為而不有」的精神正是他所欣賞的虛雲和尚的人生態度。虛雲和尚在七十八高齡之後，每每到了一處，篳路藍縷，創新一寺，但到寺院興建完成，他卻翩然離去。錢先生雖離開新亞，新亞還是與他分不開的。我之有幸與錢先生結識，也純緣於新亞。

1977年7月，我承接新亞院長之初，曾去台北士林素書樓拜謁賓四先生。在中學時，已讀錢先生的《國史大綱》，但從未與先生見過面，那是我第一次見到這位久所仰慕的大學者。雖然初晤，但錢先生溫煦和藹，講話娓娓動人，令人如坐春風。錢先生不多虛語，卻甚健談。他善於講，也善於聽，始終給人充分空間，不會自說自話。告辭時，錢先生送我，一再說「一見如故」，還說我們有緣。自此之後，我每次返台，只要時間許可，一定去素書樓，一談就至少二三小時，幾乎次次在錢府午膳，常常品嘗到錢夫人精緻的小菜。在早時錢先生體力尚好，他與夫人有幾次還陪我夫婦遊陽明山、北投諸景。錢先生喜歡風景，即使眼力不佳，也絲毫沒有減少一近山水的興頭。素書樓，有松有竹，園不算大，但自有風致，進門斜坡路上兩旁數十棵楓樹尤其搖曳多姿。園中一草一木，大都是錢先生與夫人親自選擇或種植的，他與夫人在樓廊閒話時，抬眼就可欣賞到園中的青松。今夏自素書樓搬到市區後，儘管錢夫人把客廳的一桌一椅布置得與往昔一模一樣，但新居無樓無廊，更看不到廊外那株枝幹峻拔的青松了。

錢先生以九十六高齡仙去，一生在學問與教育事業上有如許的大成就，可以說不虛此生。報載錢先生「生於憂患，死於安樂」，賓老離開這世界時確是平平靜靜的。我最後見他的一面是在今年6月「國是會議」後的第二天，那時他剛搬去杭州南路不久。像往時一樣，他坐在與素書樓客廳同一位置的同一張紅木椅上，面容消瘦，但那天精神比一年前所見似要好些，只是絕少開口了。記得他要了支煙，靜靜地抽著，聽到我與錢夫人提到熟悉的事，他安詳地點頭，偶爾還綻露一絲笑容。是的，近二三年來，錢先生健康明顯差了，記憶力也消退了，我已再享受不到昔日與賓老談話之樂了。倬雲兄去年在見了錢先生後跟我說：「一位歷史巨人正在隱入歷史。」誠然，賓老不死，只是隱入歷史。

賓四先生的一生，承擔是沉重的，他生在文化傾圮，國魂飄失的歷史時刻，他寫書著文有一股對抗時流的大力量在心中鼓動，他真有一份為往聖繼絕學的氣魄，他的高足余英時先生以「一生為故國招魂」來詮釋這位史學大師的志業宏願。從結識錢先生後，我總覺得他是很寂寞的，他曾說很少有可以談話的人了。應該說自「五四」以來的學術大氣候流行後，錢先生在心靈上已是一位「流亡的文化人」了。他與當代的政治社會氣候固不相侔，與當代的學術知識氣候也有大隔，但他耐得住大寂寞，他有定力，他對自己有些著作之傳世，極有自信。他曾特別提及《先秦諸子繫年》這部書。多年來，他的著作在內地受到批判，但近年，他的書一一在內地重版問世了。這一點，他是感到安慰的。賓四先生的寂寞主要靠書、靠做學問來消解，上友古人，下與來者，自然有大共鳴。有一次我問：「先秦諸子不計，如在國史中可請三位學者來與您歡聚，您請哪三位？」朱子、曾國藩，他略作思索後說，第三位是陶淵明。錢先生的心靈世界是寬闊的，他在古人的友群中，有史學的、理學的、文學的。對於中國文化的欣賞，他是言之不盡的。記得最後幾次談話中，他強調了「天人合一」的思想。

這幾晚，在深夜，不時展讀錢先生先後寄給我的三十餘通親筆函。1977年最先兩封是毛筆寫的。錢先生的字自成一體，清逸中帶凝重，規矩中有灑脱，書趣盎然。不久之後，由於患黃斑變性症眼疾，目力大減，錢先生改用鋼筆或原子筆，到了後來，目力又弱，所書常是一字疊在另一字上，而封面則由錢夫人代寫。錢先生一生多在讀書寫書中度過，晚年眼疾，既不能讀，又苦於寫，一定給他許多痛苦。我知最後幾年他寫文章全憑記憶，而錢夫人胡美琦女士則成為他唯一的依靠。為了整理賓四先生的舊稿，胡女士需一字字誦讀，錢先生則一邊聽，一邊逐字修改。一遍之後，復又一遍，如是者再，可謂字字辛苦，得來不易，而數百萬言的書稿就是這樣整理完成的。識者都了解，沒有錢夫人，錢先生不可能享此高壽，更不要說他離開新亞之後，還有這麼多著作與世人見面了。故我一談到錢夫人，錢先生的門生沒有不油然生尊敬感激之心的，而錢先生在內地的幾位子女對錢夫人的由衷敬愛，我是目見的，胡美琦女士是錢先生的真正知己，也是真正在錢先生大寂寞中生大共鳴者。

十三年來，在與錢先生的交往中，有太多可以懷憶的事。我始終視錢先生為前輩長者，由於我無緣跟他讀過書，故他一直以朋友之義待我，與我成為了忘年之交。一次錢先生問內子本姓與祖籍，元禎告以姓陶，祖籍無錫，錢先生笑說：「那我們是一家人呀！在無錫，錢陶是一家，錢陶是不通婚的。」他曾嘗過元禎烹調的無錫肉骨頭，居然大加誇獎，說是有家鄉味。元禎絕少參與我的事，即使我在新亞主辦的幾個講座，她也鮮少參與，唯一的例外是錢先生在「錢賓四先生學術文化講座」中的六次講演，總題是「從中國歷史來看中國民族性及中國文化」。她次次都在座，並且聽得津津有味。的確，錢先生的演講是名副其實地又演又講，並且深入淺出，曲曲傳神。他自己講得投入，聽眾也投入，無怪乎當年他在北大成為最受歡迎的教授之一，而有北胡(胡適)南錢之說(當然這不僅僅是指二位的演講出色而已)。不過，錢先生的口音卻只有江浙人才能心領神會，廣東籍學生就聽上三數個月，也只能「見木不見林」(只能聽懂人名地名，但掌握不到整個演講的內容)的。錢先生倒不覺得他的話不標準，在講座開講前，他的新亞老學生問他要不要提供翻譯，意指譯為粵語，錢先生似明不明地反問：「需要譯成英語嗎？中國人怎麼聽不懂中國話呢？」

新亞的「錢賓四先生學術文化講座」每年邀請國際上卓有成就的中外學者演講，英國的李約瑟博士與內地的朱光潛先生擔任講座時，錢先生特地來港晤聚。前者是彼此相慕已久，東西學術巨子的見面；後者是四十年不見的老朋友的重晤，當時在香港文化界都成為盛事與佳話。新亞有幾個講座與學人訪問計劃，當我告訴錢先生新亞有意邀請內地學人交流訪問的構想時，錢先生是最支持這一想法的。他認為中國只有一個，學術文化在政治之上之外，香港在內地與台灣的學術文化交流上應該有重要作為，錢先生對學術文化的交流有獨特的看法，他說學術思想是「文化財」，文化財的交流是，你有了，我也不會少，彼此都有益，彼此都會富有些。錢先生對於中國文化之存於天地之間的信念，絲毫不懷疑，他對1978年後內地的改革寄以希望。由於客觀的政治環境，賓四先生自1949年南來香港後，再未曾踏上內地一步，但他對神州故土之懷念是無時不在的。當我1985年去內地前，錢先生知我要去無錫、蘇州，特別高興，說我一定會欣賞無錫的太湖景色，並且囑我一遊蘇州拙政、網師諸名園之外的耦園，耦園是他念念不忘的當年著述遊息之處。賓四先生對於故里的情懷，溢於言表。

燈下，寫此短文時，賓四先生生前種種情景，一一重來眼前，他在我夫婦心目中，一直是一位言談親切、風趣可愛的長者。現在長者已去，他已隱入歷史之中，後之來者，只有在歷史中尋覓他的聲音容貌了！

1990年9月14日深夜

成立「錢賓四先生學術文化講座」

並迎錢先生返新亞講學

一

新亞書院的創建是基於幾個讀書人的一個理想和信念。這個理想和信念就是要承繼中華傳統，開展中國文化。二十九年前誕生之時，新亞的經濟物質條件是極端地貧缺的，但由於這一理想和信念的推動，新亞的創辦人錢賓四、唐君毅、張丕介諸先生和先驅者卻在「手空空，無一物」的情形下，興發「千斤擔子兩肩挑」的豪情。

二十九年來，新亞歷經多次人事的遞嬗、制度的變革，出現了幾個階段的發展形態。每個階段的發展形態盡有不同，但對於新亞原初的理想與信念之嚮往則並無二致。今日，新亞成為中文大學有機的組成，坐落在山巖海深、地厚天高的馬料水之山巔。從歷史的發展看，新亞又進入另一個階段了。在現階段的新亞，我們自不能停留在過去，但我們相信新亞是發展的新亞，必也是歷史的新亞，我們從歷史中來，也向歷史中去，我們珍愛新亞的歷史，並且特別企慕新亞創始的文化理想與信念。

二

新亞作為中大成員書院之一，自與她的姊妹書院一樣，擔負大學共同的教育使命，但亦與她的姊妹書院一樣，應繼續發展其各別的傳統，建立其各別的風格與面貌。新亞今後的發展，途有多趨，但歸根結底，總以激揚學術風氣，培養文化風格為首要。因此，我們決意推動一些長期性的學術文化計劃，其中以設立與中國文化特別有關之「學術講座」為重要目標。也以此，我們發起「新亞學術基金」之籌募運動。關於此，我曾於去年11月提出這樣的構想：

> 「新亞學術講座」擬設為一永久之制度。此講座由「新亞學術基金」專款設立，每年用其孳息邀請中外傑出學人來院作一系列之公開演講，為期二週至一個月，年復一年，賡續無斷，與新亞同壽。「學術講座」主要之意義有四：在此「講座」制度下，每年有傑出之學人川流來書院講學，不但可擴大同學之視野，本院同仁亦得與世界各地學人切磋學問，析理辯難，交流無礙，以發揚學術之世界精神。此其一。講座之講者固為學有專精之學人，但講座之論題則盡量求其契扣關乎學術文化、社會、人生根源之大問題，超越專業學科之狹隘界限，深入淺出。此不但可觸引廣泛之回應，更可豐富新亞通識教育之內涵。此其二。講座採用公開演講方式，對外界開放。我人相信大學應與現實世界保有一距離，以維護大學追求真理之客觀精神，但距離非隔離，學術亦正

用以濟世。講座之向外開放，要在增加大學與社會之聯繫與感通。此其三。講座之系列演講，當予以整理出版，以廣流傳，並盡可能以中英文出版，蓋所以溝通中西文化，增加中外學人意見之交流也。此其四。

在理想上説，我們當然希望可以設立多個學術講座，但衡情量力，非一蹴可幾，所以，我們決定先以港幣四十萬元成立「錢賓四先生學術文化講座」。我們所以首先設立「錢賓四先生學術文化講座」，其理甚明。賓四先生為新亞創辦人，一也；賓四先生為成就卓越之學人，二也。新亞對賓四先生創校之功德及學術之貢獻有最深之感念，所以，我們用錢賓四先生之名以名第一個學術講座。當我們宣布籌設「錢賓四先生學術文化講座」之計劃時，立即得到新亞師生、校友以及大學內外友好的熱烈反應與支持，而本院許多校董先生更熱心支持，慷慨解囊。最難得的是本港商界兩位隱名人士得悉此講座計劃，即湊出講座所需之數，使講座得以提前一年開始。這種種反應實在是很令人鼓舞的，更高興的是我們又獲得錢先生的首肯，接受我們的邀請，擔任講座的首講者。錢先生為第一位講者，無疑使此講座大為出色，而且更賦予講座一特別的意義。

三

錢賓四先生，不但創建了新亞書院，而且擔任了十五年的院長。在新亞開創階段，艱難萬狀。1956年8月1日錢先生在《新亞書院概況》序中有這樣一段話：

> 新亞書院之創始，最先並無絲毫經濟的憑藉，只由幾位創始人，各自捐出少數所得，臨時租得幾間課室，在夜間上課而開始，其先是教師沒有薪給，學生無力繳納學費，學校內部，沒有一個事務員和校役，一切全由師生共同義務合作來維持。直到今天，已經過了六年時期，依照目前實況，學生照章繳納學費者，仍只佔全校學生總額百分之三十，學校一切職務，仍由師生分別擔負，全校仍然沒有一個校役。

在他主持新亞這些年頭，錢先生說他是以曾文正「紮硬寨，打死仗」這兩句話來打熬的。的確，當時的艱苦，書院隨時可以遇到絕機，但他常說：「只要新亞能不關門，我必然奮鬥下去，待新亞略具基礎，那時才有我其他想法之自由。」新亞在錢先生與師生的努力下，克服無數困難，漸漸得到了外界的欣賞與承認。1953年，雅禮協會代表盧鼎教授來遠東考察，對新亞的理想與奮鬥，表示敬意與同情，並於次年，正式與新亞合作，開始了新亞的新里程。1959年起，香港政府也開始直接資助新亞。1963年10月17日，香港的第二間大學——香港中文大學在社會各界的要求下正式成立。新亞與崇基、聯合兩書院一起參加中大並成為大學的三個基本成員書院。這是新亞發展史上的另一個里程碑，也是香港高等教育史上的一個里程碑，這時，新亞才有了一個長久垂遠的基礎。而也就在這個時候，錢先生內心已決定要辭去院長的職務了。

四

錢先生辭職的理由，有的「關涉到現實俗世界方面的」，但也有關於「理想真世界」的。他在現實世界完成了創辦新亞的事業之後，就決定回復自我，還歸真我的面目。他說：「人生有兩個世界，一是現實的俗世界，一是理想的真世界。此兩世界該同等重視。我們該在此現實俗世界中建立起一個理想的真世界。我們卻是現世界中之俗人，但亦須同時成為一理想世界中之真人。」

當新亞在困境時，他從未輕言辭職，待新亞有了基礎時，他就決定引退了。那時錢先生是七十歲，已逾了退休年齡，但他的精力絕不需退休，他的經濟亦不可能退休。可是，他的辭意是堅定的。他根本就沒有計劃到此後個人的生活。他在一篇有關他辭職的演講中，講到一個關於僧寺的故事。這個故事是講虛雲和尚，他說：

> 我在幾年前讀虛雲和尚年譜，在他已躋七十八高齡之後，他每每到了一處，篳路藍縷，創新一寺，但到此寺興建完成，他卻翩然離去，另到別一處，篳路藍縷，又從新來建一寺，但他又翩然離去了。如此一處又一處，經他手，不知興建了幾多寺。我在此一節上，十分欣賞他；至少他具有一種為而不有的精神。他到老矍鑠，逾百齡而不衰。我常想，人應該不斷有新刺激，才會不斷有新精力使他不斷走上新的道路，能再創造新生命。

熟知錢先生與新亞的人，當會同意這則寓意深長的故事最形象化地刻劃了錢先生與新亞的關係。他篳路藍縷，創建新亞，新亞既已辦好，他就翩然離去了。這正是他「為而不有」的精神。他離開新亞後，並沒有再去創一新亞，但他卻完成了跟創一新亞同樣有價值的工作，他在離開新亞後幾年內完成了五大冊的《朱子新學案》。我常覺得錢先生做人做事做學問，總是那麼執著，卻又是那麼靈空。擇善而固執是豪傑，「為而不有」的靈空則更是真人了。

五

錢賓四先生已八十四高齡，且困於黃斑變性症眼疾，不良於行，然先生猶肯越洋來新亞作一系列之學術演講，此可見先生對新亞之深情厚意，至老彌增。而先生之因講座來，更可見先生對新亞學術文化生命之重視，固無異於其創校初始時也。講到這裏，我們應該特別指出，錢先生此次之能越洋返校講學，實大有賴錢夫人胡美琦女士的專心照顧。原來，我們是很想請一位同仁去接迎錢先生的，但錢先生在信中，在長途電話中都堅決表示，由其夫人陪同即足。事實上，這許多年來，錢先生從日常起居到書函著作，無一不靠錢夫人的悉心照應。自與錢先生結縭以來，錢夫人無一日忘記自己學問之研究，今年且完成《中國教育史》一書。同時，更無一刻疏於對錢先生的侍候。錢夫人實在是一位難有的奇女子，這是我們在歡迎錢先生時不能不說的。

最後，我想再講一件極有意義的事件。現在，錢先生不但來新亞講學了，而且他與夫人還帶來了《朱子新學案》的原稿，送給中大新亞的「錢穆圖書館」展藏。錢先生十四年前於辭職演講時，曾表示將來他會抱著研究朱子的書稿回新亞來，現在，他果然實現他的許諾了。我們認為這是一份無比珍貴的禮物。這份禮物的意義是學術性的，也是歷史性的。我們相信一間學府，貴能垂之久遠；要垂之久遠，則必須以制度為重，庶不致人在事舉，人去事息。但一間偉大的學府，則在制度外，還需靠人物賦予風格與精神；而最能傳人物之風格與精神者則莫如其書稿。我們能得到錢賓四先生的書稿，則五百年後新亞的後之來者，亦得於摩挲手稿之餘，想見創校者一番創校之苦心與理想，而有所奮發，而興見賢思齊之心，豈不美哉？這是我們在歡迎錢先生時又不能不特別一說的。

1978年10月2日

父親金瑞林與母親范相春
攝於台灣台北

金耀基與父親。女孩是金煦平（金樹基長女）
攝於1970年，日本奈良

金耀基與陶元禎結婚正日，王雲五先生為主婚人
攝於1963年，台灣台北

(左起)嚴耕望、錢穆、余英時、金耀基

金耀基(左一)、錢穆(左二)、錢夫人(胡美琦，左三)
與金夫人(陶元禎，右一)
攝於八十代，台灣

儒者的悲情，儒者的信念

悼念徐復觀先生

4月1日下午7時許，台北《中國時報》副刊主編高信疆先生打電話來，告訴我徐復觀先生已於5時50分在台北去世，希望我盡速寫一短文，俾於翌日悼念專刊上刊出。前幾天曾聽到復觀先生受癌症煎熬的苦痛情形，覺得這樣也是解脫，但我沒想到他真的這麼快就去了。在惘然感愴的心情下，我寫了〈「學術與政治之間」的巨筆〉一短文，是晚10時，在電話裏逐字念給《中國時報》的編輯聽，以敬悼這位前輩學人。識得復觀先生已二十餘年了，我讀他的第一部著作就是《學術與政治之間》，對他憂時憂國之悲心大願，以及元氣淋漓、筆端帶有魅力的文筆，敬佩慕賞，兼而有之。這種感受，廿餘年來，未嘗有變。

一

香港《百姓》月刊決定為復觀先生出一專題，這是很適當的，依我的看法，復觀先生不但是一位不折不扣的知識分子，並且是近百年來最有影響力和極重要的知識分子之一。復觀先生寫過一些有火氣、霸氣，甚或不脱一己意氣的文章，他的主觀性和鋒鋭之筆法予人同樣的強烈印象。但在第一和最後義上，他寫文章之動心立念都可說是以中國的「百姓」為本的。先生真正拿起筆來是五十歲以後的事，在他此後三十年的筆墨生涯中，雖然曾自製地浸淫於純古典學術研究中，但他幾乎沒有一刻忘懷時代的憂患。儘管他感到治學之晚，恨不得一日當三日用，以在學術上有更多發掘與貢獻，可是，時代問題的感逼，使他無法，也不願去追求與時代渺不相涉的高文典冊，所以復觀先生後半生所扮演的是學者與知識分子的雙重角色，或者可說他是徘徊或循環變換於學者與知識分子二者之間的。凡是在一個時代，特別是自己的國家社會正處在危盪杌隉之際，冷情地去做一個純粹的學者，這個人不是有特殊的定力和心理結構，便恐怕是復觀先生所說的「麻木無所感觸」的了！復觀先生在這個病痛無已的大時代，更身經國家社會的巨浸稽天之變，而他又有大感觸、大才情，因此，他如椽之筆所撰寫的時論性文字，便能扣緊時代脈搏，風動一代人心。復觀先生固然屢次表示想多做學術研究，少寫此類文章，但實際上，他也自覺地欣賞和肯定他所發揮的知識分子之角色功能的，他說：「中國聖賢，有如孔子孟子，他們對當時君臣的諄諄告誡，實際就是他們的時論文章，所以我認為凡是以自己的良心、理性，通過時代具體問題，以呼喚時代良心理性的時論文章，這都是聖賢志業之所存，亦即國家命運之所繫。」

二

徐復觀先生興趣博雜，而才情洶湧，故不拘囿於專狹之學，於文、史、哲三大領域之各種學問，每有見獵心喜的衝動；事實上，他在許多方面都有創獲。當然，他在文學、藝術、思想史(這是他用力最勤最深者)等方面的研究成績，自有待時間及學術本身的考驗，但我相信，復觀先生不少卓越的見解將溶化歸入到各科的學問中去，而佔一定位置。

我這篇短文想指出的是：復觀先生基本上所從事的一樁文化事業，也是近百年來所有中國讀書人關心努力的志業，那就是為中國文化找出路，為中國找出路。在這方面，復觀先生在過去三分之一世紀中十分特出的表現，佔一十分特出的地位。

復觀先生自己不止一次地說，民國廿八年(1939)，他身經時代的巨變之後，開始由對政治社會問題之反省，進而為對學術文化問題的探索，這具體地反映在他創辦與參與的《民主評論》這個刊物上。一涉及學術文化的問題，由於風氣所趨，便不容易不掉進傳統與西方兩個簡單的思想模態中去；復觀先生常把五四以來佔學術思想主流的看作西化派，同樣地，文化界很少人不把復觀先生及與他思想上接近的人看作傳統派。實則傳統派與西化派這種簡單的兩極模態，又何能公平而正確地涵括反映近百年來思想界豐富而複雜的現象？

在主觀心態上，復觀先生不但自覺是處於政治的權威系統之外，也是處於學術思想主流之外的，並深信這個「學術思想主流」有「學術亡國」的傾向。因此，他有一股難以抑止的感憤之心，他有一種要矯正時代的學術思想風氣的使命感，因此他感到「在政治的孤立上，更加上學術圈裏的孤立」。

我有時覺得復觀先生一生喜歡熱鬧，他也確有一非常熱鬧而多彩的生命，但在他內心的深處卻有一很大的寂寞感與不斷擴大加深的「疏離」感，即對現實政治社會，對當代的學術文化都有扞格不入的疏離距離。也許，他這份感憤之心與疏離感，正使他對中國政治社會問題，對中國學術文化問題鍥而不捨、勇猛探索而顯出獨有的風格和趨向。

三

復觀先生毫無疑問是敬重傳統的，也毫無疑問，他是特別信仰儒家一脈的道統的。在這個意義上，他是一文化上的保守主義者，而此一立場，他一點也不諱言；事實上，他臨終的遺言就說：「余自四十五歲以後，乃慚悟孔孟思想為中華文化命脈所寄，今以未能赴曲阜直謁孔陵為大恨也。」本來，在傳統中國，一個讀書人之敬重自己的傳統，或信仰儒家聖賢志業的道統，應該是不待言而自明之理；而復觀先生於癌症侵蝕肌骨，油盡燈枯、幽明交界之際，猶一字一血為孔孟思想之價值作見證，這一方面固反映儒學傳統在今日風燭殘燈的遭際，一方面亦正顯示在復觀先生心中，儒家傳統的一炬之明，足以在昏暗之時代中留一光明，以接晨曦之來。復觀先生的悲情是現代儒者的悲情，復觀先生的信念，是現代儒者的信念。

我們說復觀先生是文化上的保守主義者，只是說在文化價值之終極取向上，他對中國文化傳統是肯定和執守的。他堅信任何一個民族、社會或文化，必須先繼承和積儲先人所遺留下來的，才能進一步講創造和發展；而他對中國文化傳統之肯定與執守的立腳點，卻植根於一更理性的基礎上，即他看到中國文化傳統千門萬戶，豐贍博厚，特別是儒家傳統所含有的極高明而道中庸的人文精神，尤其是其心性之學或「立人極」之學問，為開中國及人類新境之不可或缺。由於他對文化傳統窺見極深，因此殊不能容忍數十年來一味打倒或攻擊傳統的學術風氣。三十年來，不時見他披甲上陣，奮筆為傳統辯護，元氣淋漓，氣吞鬥牛，儼然成為當代最雄辯的傳統捍衛者，也因此，幾乎不足為怪的，他常被目為文化的傳統主義者。

但是，我們若仔細地考察，我們會驚訝地發現，復觀先生一方面固然是傳統的最雄辯的捍衛者，但另一方面，他卻又是傳統極嚴厲的控訴人。他對中國文化傳統絕不是一味地保守，他了解文化傳統極其龐大複雜，含有多次元、多層級的結構。在這方面，他為傳統下了不少釐清的功夫，特別是把傳統中美善者與醜惡者細緻地區別開來。他在最後口述遺作中說：「故入五十年代後，乃於教學之餘，奮力摸索前進，一以原始資料與邏輯為導引，以人生社會政治問題為徵驗，傳統文化中之醜惡者，抉而去之，唯恐不盡；傳統文化之美善者，表而出之，亦懼有所誇飾。」

誠然，復觀先生對於他發掘出來的好的傳統，莫不加以彰顯，而展示其古典之美善及其現代之意義；反之，對於壞的傳統，則抨擊鞭撻，毫不假借。事實上，他對許多傳統的控訴和攻擊較之一般「反傳統者」尤為嚴峻和猛烈，其中他所惡最深、抨擊最力者便是歷史上的專制政治。他認為「秦漢以來的『一人專制』政治是中國文化精神無由發展的根源，是一永遠打不開的死結。在一人專制之下，『天下的治都是偶然的，亂倒是當然的』。」

這個論題，是復觀先生從中年到老年精力貫注所在；這也使他更進一層相信，必須把儒家的政治思想，倒轉過來，把政治的主體，從統治者移歸人民，由「民本」轉為「民主」，以建立政治的客觀構造。書至此，我重翻他《學術與政治之間》及1980年10月他最後贈我的《兩漢思想史》卷一，覺得他許多討論文化與政治的論著，絕不是一般學術上抽象化的觀念文字可比，實毋寧更從現實文化與政治之徵象中，由層層反省、體驗，艱苦得來。

四

復觀先生對中國文化傳統之剖析與解釋，有破有立。他所破與所立者，雖未必一一為定論，但所立與所破，無一非出自真性情、真精神，他在學術文化上之用心與表現，用章實齋的説法，應該屬「矯風氣」之人，即矯正民初以來對中國文化傳統片面的打倒、攻擊的風氣，而其真正的苦心與大願所在，則仍是繼承百年來偉大讀書人的志業，即為中國文化找出路，為中國找出路。在根本上，復觀先生仍守住中國文化傳統之本位，仍是站在儒家孔孟一脈的統緒上來重建、擴大與發展文化傳統的。1958年，他與張君勱、唐君毅和牟宗三幾位先生聯名發表〈為中國文化敬告世界人士宣言：我們對中國學術研究及中國文化與世界文化前途之共同認識〉一宣言，實是一具有開放心靈與反省智慧的大文獻。

他們幾位先生相信，依中國文化本身之要求，所當伸展出之文化理想，應不止停留在以自覺其自我為一「道德實踐的主體」的心性之學上；同時，應該在政治上，能自覺為一「政治的主體」，即由「民本」而轉為「民主」；而在自然界、知識界則自覺成為「認識的主體」及「實用技術的活動之主體」，即需要有意識地開出科學與實用技術，在中國傳統之道德性的道統觀念之外，兼須建立一學統。這些觀念與主張，應該為百年來關心國族文化運命者所共認。其實，這亦是中國現代化所不可或缺的發展之道。

復觀先生由於上半生在政治中，後半生在學術文化，故對於中國文化中之政治感驗最深，而對中國政治的文化性反省亦最敏鋭，因此，他對中國的學術與政治兩個世界之間的糾纏、關聯，亦思考得最深切。他歸根結蒂指出中國必須走民主政治之路，更必須首先建立民主主義的政治形式，始能從治道轉向政道，由民本開出民主。他這份情志實是一切偉大讀書人為生民立命，為萬世開太平的情志。

五

復觀先生現在已經走了，他是否帶著感憤之心與疏離之心離去人間？他生在憂患的時代中，而元氣淋漓地活了一輩子。他是一認真的人，他為中國文化認真地奮鬥過，他在《民主評論》停刊時說：「我們對中國文化的奮鬥，可以算失敗了。」但他「堅信這一線香火，會在我們身上使它延續下去。中國文化是在憂患意識中生長出來的文化，它必定在憂患最深、憂患意識最強的祖國鄉土上，重新得到發育滋長」。復觀先生的一生，象徵地代表了現代儒者的悲情，現代儒者的信念！

1982年4月8日

李約瑟與中國科技史

一

三十年前，新亞書院的創建是基於錢賓四（錢穆）先生等幾位讀書人的一個理想。這個理想就是要承繼中華傳統，創新中國文化。許多年來，新亞在學術研究與教育方向上，一直以這個理想為鵠的，努力不懈。1978年秋，我們建立「錢賓四先生學術文化講座」。揆其目的，亦無非希望通過這個講座來賡續、煥發新亞教育文化的風格與精神。

1978年秋，錢賓四先生親自來港，主持以他為名的講座之首講，講題是「從中國歷史來談中國民族性及中國文化」，前後六講，歷時一個月。錢先生雖已八十四高齡，且患目疾，惟神形貫注，一絲不苟，講堂風采，不減當年，而聽眾之踴躍與熱烈，極一時之盛。此一講座不只成為新亞書院的大事，亦香港文化界之大事。錢先生的首講無疑為這個講座樹立了聲譽和模範。

二

今年（1979）9月28日孔子誕辰是新亞創校三十週年，為了配合校慶，「錢賓四先生學術文化講座」的第二次講座就在10月初旬開始，為期一個月。講座的第二位講者是譽滿全球的英國李約瑟博士（Joseph Needham）。

我們邀請李約瑟博士作為講座的第二位講者，毋寧是很自然的。講座成立之初，我們就立意要使它成為世界性的。我們相信學術沒有國界，它是應該超越政治、種族、宗教之上的。講座的第一位講者錢賓四先生是中國當代的大儒、史學家，因此，我們就決定要請一位西方的傑出學者作第二位講者。誠然，在今日，西方有不少傑出的研究中國文化的學人，但真正對中國文化有原創性的貢獻，而其學術著作可百世不替者就十分稀少了。不論從哪個角度來看，李約瑟博士都是稀有中的稀有者。

起初，我們並不曾打算邀請李約瑟先生，因為他已是七十九之齡。同時，更重要的是，他正夜以繼日地忙於完成他的《中國科學技術史》（*Science and Civilization in China*）最後兩卷。時間對他來說是最珍貴的，他有無可能越洋來校作為期一個月的演講，實大有疑問。真沒有想到，當他接到我的邀請函後，就非常爽快地接受了，並且具體地提出「傳統中國之科學：一個比較的觀點」（Science in Traditional China: A Comparative Perspective）的講題。其中分五個子題，即：一，引言；二，火藥火器史——由冶金術發展而來；三，長壽法比較研究；四，針灸與艾灸的歷史及原理；五，對「時」與「變」的態度。李約瑟先生信中還表示新亞的邀請是他的一份榮譽。這當然反映了李約瑟先生一貫的謙懷，但也反映了他對「錢賓四先生學術文化講座」的重視和對中國文化的熱誠。

三

李約瑟先生，別號丹耀，生於1900年。他一生與劍橋大學不可分。他的學士、碩士和博士學位得自劍橋。之後，歷任劍大的生化學教授（Reader, 1936–1966），岡維爾與基斯書院的院士（1924–1966）、院長（1966–1976）。自1976年後，任劍橋東亞科學史圖書館主任。李約瑟博士的一生固然都在劍橋，但他足跡則遍及世界各地，而與他下半生學術生涯結下不解緣的則是他1942年的中國之行。從那時起（或更早），他就虔誠地、矢志不渝地開始了中國文化之旅的萬里壯行。他沒有走一般人常走的路，他選擇了沒有人或很少人曾經有系統試探過的中國文化的奇路險峰——科學與技術史的研究。長期以來，西方人只知中國文化長於農業與藝文，他們根本不知道中國曾經產生過科學與技術。其實，即使中國人自己也採取了這樣的想法。可是，李約瑟先生卻不這麼想，並且以實際的研究去徵驗事實的真相。三十七年來，他一步步試探，越探越闊；一步步挖掘，越掘越深。現在，他已經拓展了一條中國科學技術史的大道！不，他實際上已開啟了中國文明的一個新的天地。

通過嚴謹的科學方法與豐富的想像力和識見，李約瑟先生把兩千年來遺散沉埋的資料，加以整理、詮解，使它們顯出古典文化中科學技術的耀眼光輝。他不但徹底摧毀了「中國沒有科學技術」的説法，並且讓全世界知道古典中國的科技對世界文明的偉大貢獻。我們知道，科技史已是人類文明史中至為重要的一個組成，而李約瑟博士的研究，則不只譜寫了中國文明史中極重要的一個篇章，同時，也為世界文明史填補了有關中國部分的巨大空白。一點也不假，由於李約瑟先生的著作，今後討論中國文化，乃至世界文化者，將不能不重新思考許多文化思想上的基本性的問題。譬如，現在的問題不再是「為什麼中國沒有科學」，而是「為什麼現代科學的起飛在十六、十七世紀的歐洲，而不是在中國」。李約瑟博士的成就，不只是為研究中國科技史建立了範典（paradigm），而更是肯定了一個事實，即科學非任何一個民族所能包辦或專有。「現代科學」絕不能説是「西方科學」，而實實在在是「世界科學」。這一事實的肯定，不啻解除了許多近代西方人那種「不自覺的主宰心理」的迷障，而且把人類有力地推進到一個更合理的「新的世界主義」的曙光之下。他的《四海之內》（*Within the Four Seas: The Dialogue of East and West*）一書實在道破了他內心的「天下一家」的高貴心願。這種開放寬厚的心靈胸襟在他一首詩中表達無遺（詩之中譯是胡菊人先生的，見胡著《李約瑟與中國科學》〔香港：文化・生活出版社，1978〕，頁296）：

Having written much, whether
well or ill, I know not,
but with devout intention for the
healing of the Nations.
吾書已萬千，
優劣非所知。
為遂丹心志，
掃盡萬國疾。

四

李約瑟博士自1942年起，立意於中國科技史的探研。在過去三十七年中，他的心力都孤注直往地投入到這椿偉大事業中。但是，在他的中國文化的萬里之行中，他不是一個孤獨的人。李約瑟先生一再說明他的研究工作得力於許多中國和其他國家的學者的幫助。對於他們的貢獻，他都一一加以承認，即使是一書之贈，亦必致其謝意。其中有二位中國學者，即王鈴與魯桂珍，他更視之為「同窗」契友。縱然李約瑟博士所出版的著作，百分之九十出於他的手筆，但他坦然表示沒有這些友人，特別是王、魯兩位的幫助，他的研究計劃是絕對不可能的。李約瑟先生的謙謹篤實的風範和他的卓越成就，使我想起與他有五十五年關係的岡維爾與基斯書院的三門：德性之門、謙懷之門及榮譽之門。

李約瑟先生一生著作宏富，在1954年他的傳世之作《中國科學技術史》第一卷出版時，他已出版了十八本書。1954年後，於1956、1959、1971、1974年分別出版了第二卷、第三卷、第四卷(共三部分)、第五卷(只出第二部分)。全書共七大卷。根據他自己的估計，他需要活到八十四五歲才能完成全書。最後一卷，討論「社會背景」，將是他對所有有關中國科技史的問題之總的解答。這勢必涉及歷史學、科學社會學、知識社會學、哲學和比較文化學的各個層面。毫無疑問，這將是萬方矚目，世界學界所翹首企盼的事。實際上，在李約瑟先生撰寫《中國科學技術史》的同時，他已發表了許多「副產品」，總共有《四海之內》、《大滴定》、《中西藝文志》等八書之多。在這些書中已多少觸及最後兩卷的範圍，而他這次準備在新亞書院所講的第五個子題：「對『時』與『變』的態度」，則赫然是他第七卷中預設的研題。不消說的，這將是等候李約瑟先生最後一卷的人所最感興趣的。

李約瑟先生的《中國科學技術史》自出版以來，受到學術界崇高的讚譽，確不愧為「經天緯地、震古爍今的傑作」(黃文山先生語，見黃譯《中國之科學與文明》〔台北：台灣商務印書館，1974〕，修訂一版，頁4)。現在此書已有日本、意大利等國人士從事翻譯，而對他最大的安慰也許是中國大陸與台灣都已有中譯本問世了。李約瑟先生的書，涉及專門的科技知識太多，非一般讀者所能領會，且卷帙浩繁，更非一般人所能購置，現在劍橋大學已請羅南

(Colin A. Ronan)執筆，由李約瑟先生自己協助，自1978年開始出版《中國科學技術史簡易本》(*The Shorter Science and Civilization in China*)，相信這將有助於此一傑作的普及，更能增加國際間的文化交流與諒解。

五

在結束本文之前，我必須要特別提一提，這次與李約瑟先生同來新亞的還有魯桂珍博士。當李約瑟先生信中告訴我他的「主要的合作者」魯桂珍博士會聯袂東來時，我們感到分外的欣喜。魯桂珍博士是一位著名的醫學史與生物史學的專家，她現在是劍橋大學「魯西．開溫第士書院」的院士。魯博士與李約瑟先生在學術上的合作也許已經有半個世紀了。當魯女士於二十世紀三十年代到劍橋攻修博士學位時，他們二人已開始了合作。1958年之後，魯博士更成為李約瑟先生最主要的合作人。事實上，李約瑟先生對於中國文化，特別是中國科技的最早興趣，是由魯女士在劍橋一番話所激發的(見前引黃文山先生譯著之譯者導言)。他對魯桂珍博士的學問與識見推譽備至。他把魯女士視為他的「中國之世界觀的總詮釋者」。李約瑟先生與魯桂珍博士的合作，可說是中西學術史上難有的可貴例子。

最後，我要在這裏鄭重地歡迎李約瑟博士與魯桂珍博士來中文大學新亞書院講學，並祝他們二位此行愉快。李約瑟博士在過去數十年中，不知在多少國家、多少著名學府講過學，但是，我們相信他對一間以匯通中西文化為理想的中國人的學府，一定會格外感到「賓至如歸」。

1979年9月20日

科學、社會與人文

記與李約瑟先生的一次晤談

楔子

去年(1979)10月，香港中文大學新亞書院邀請劍橋大學的李約瑟(Joseph Needham)博士擔任第二屆「錢賓四先生學術文化講座」的講者，為期一月。他以「傳統中國之科學：一個比較的觀點」為題，作了五次演講。李約瑟先生是科學史的巨擘，尤精於中國古代科學史。他的一系列演講是他當行本色，極是精彩，所以受到很大的歡迎與讚賞是意料中事。李約瑟先生新亞講學自是香港文化界一大事，而最可一記的是10月11日晚新亞在「雲起軒」為錢賓四先生與李約瑟先生所設的宴會。這二位東西學人彼此心儀已久，但那天晚上卻是第一次會面，真可說是一次「東西方之會遇」。席間，錢賓四先生指出，李約瑟先生的研究工作不只是科學的，也是哲學的、歷史的，總括地說是文化的。他說李約瑟先生從事中國科技史的研究，具有真正比較文化的頭腦與心態，所以才能對中國文化有真發現、真成績。錢先生認為他的學術成就猶在湯恩比之上而無不及。李約瑟博士聽了錢先生這番美言，連說「不敢當，不敢當」。他表示錢賓四先生的學術代表了中國文化中優美的獨特的傳統，他在《中國科學技術史》中許多地方引用了錢先生的著作；並特別指出，這次他被邀擔任第一位「非錢賓四」的「錢賓四先生學術文化講座」的講者，感到莫大光榮（講座第一位講者是錢賓四先生本人）。這晚，錢先生與李約瑟先生的簡短「對話」是令人回味難忘的。

毫無疑問，李約瑟先生的巨著《中國科學技術史》不但是對中國文化的一項無比重要的禮物，使世界學術界對中國文化有了一更全面的理解與欣賞，並且在比較科技史的研究上開闢了疆域與視野。許多科學史家都認為李約瑟博士是對科學史這門學問的新觀點、新方向之形塑有最卓越貢獻的學人。M. Teich和Robert Young所編《科學史的新觀點》（*Changing Perspectives in The History of Science* [London: Heinemann, 1973]）一書，就是英、美、法、德、意、丹麥、印度各國科學史著名學者為表示對李約瑟的尊敬，而為他七十歲生日（1970）所撰寫的論文集。

李約瑟先生自二十世紀四十年代開始即「愛戀」（他自己說「fall in love」）中國文化，並一往情深，而迄今熱情有增無減。當他在新亞講學時期，他對中國人、中國事物那種發於內心自然流露的善意、喜愛與尊重，實在是一般西方學人中極端鮮有的。至於李約瑟博士在談到與他合作最密切的幾位中國學人時，像這次與他同來新亞的魯桂珍博士，做客港大的何丙郁博士，以及我最近在澳洲堪培拉見到的王鈴博士，他總是帶著無比親切和推崇的語調。誠然，李約瑟博士近半個世紀來宣揚中國文化與智慧時，幾乎是帶有宗教性的虔誠的。他對中國文化的態度也許「比中國人還中國」。有些西方學者認為他太偏袒中國文化以致失去客觀性。與他相交六十年的Henry Holorenshaw說，他相信李約瑟先生或不會完全否認他對中國文化的讚美有時會有稍稍過頭的地方，但是中國文化，特別是科技方面的成就，一直以來為西方人所漠視，因此，為了還中國文化一個公道，讚美過頭一點點，也是不為過的，至少李約瑟先生會覺得心安理得。總之，李約瑟先生是一位相信天下一家的科學人文主義者。十七世紀以來西方站在科技上取得的獨尊地位，使西方產生一種不自覺的驕傲。李約瑟先生的研究就正在破西方驕傲的根源，也即在科技上證明傳統中國文化的優異性與優先性。他曾表示，許多證明中國在科技史上領先於西方的研究傷害到了西方人的驕傲。但是，他認為西方人的驕傲感是不必要的，與人類愛和友誼比較起來，驕傲是樣微不足道的東西。

對這樣一位中國文化的友人，我們不可能不生一份好感與敬意的。他在新亞講學的這段日子裏，見面機會較多，對他有較深入的認識。李約瑟先生是一個有多方面興趣與才能的人，他不只是一位生化學者或一科學史家，他對哲學、社會學、文學都有很好的修養。基本上，他的性格是很羞怯的，但在談到學術上的問題時，他就興致勃勃，議論橫生。識得李約瑟博士的人，都知道他是極端珍惜時間的人，在新亞講學期間，他一直都在為每次講演作最後的修正。因此，我不願特地去找他閒談，儘管我知道一般劍橋人是喜歡也善於談天說地的。直到他在新亞講學結束，離開新亞的前夕（10月4日），我才約好在他做客的中大八苑教師宿舍裏，作了三個多小時的訪問談話。這個訪問差不多從晚上八時談到午夜。錄音的工作是陳煥賢女士負責的，部分的記錄也是由她作的。在座的還有魯桂珍博士。整個訪問是在不拘形式的情形下進行的。好幾次，李約瑟先生自己進廚房去煮茶。也有好幾次，他中斷談話傾聽從海邊馳過的火車聲。他自稱是一個「火車迷」。

李約瑟先生顯然因講座已圓滿結束，心情特別輕鬆，很樂意多談談。因此，我們談的很多，有些是我預先想好的話題，有些則是當時隨意加上去的，所以談是談得很愉快，但也比較沒有系統。我表示將來整理發表時不會全照錄音，同時也會利用一些他已發表過的文字，但寫好後，會寄給他們過目。李約瑟先生與魯桂珍博士認為不需過目，要我「全權處理」，不過，他們很希望發表後，快點寄一份給他們。他們返劍橋後，就寄來一些與我們談話有關的文字和資料。因此，這篇記錄是我「全權處理」的，它是根據錄音和參考李約瑟先生寄來的文字與資料整理成的。當然，任何訛誤的地方，也由我「全權負責」。這個訪問談話距今已有三個月，一直沒有時間整理，直到最近才動筆，這是我應該向這位具有「中國心」的異國前輩學人李約瑟先生致歉的。

一、醉心於極端神秘主義的道家

金耀基(下簡稱金)：您的中文姓「李」，您的號是「丹耀」，還有其他名字，如「十宿道人」、「勝冗子」，都帶有濃厚的道家的氣味。從Holorenshaw先生的文章，更知道您自稱為「榮譽的道家」(honorary Taoist)。這一切是不是代表了您對道家的愛好與認同呢？如是的話，您為什麼會那樣醉心於道家呢？

李約瑟(下簡稱李)：呵，一點不錯，我的中文姓是李，是認同於道家的開山宗師李耳的，其他中文名確是有道家味的。「丹耀」與道家的煉丹術有關係；「十宿道人」更明顯，「十宿」二字則是我Joseph一字最早的中文譯法。至於「勝冗子」則是指「去冗」、「克冗」之意，亦即摧陷廓清，直探現象之「事實」的用意。

我之喜歡道家，最基本的原因是：道家是純中國的。儒家當然是純中國的，但在宗教中，道家才是本土產生的。它不像佛教是從印度進入中國的，也不像基督教源於中東。至於我之特別醉心於道家，實是因為我覺得道家最有趣、最有意思，特別是道家許多基本觀念與中國早期科學的發展最有關係。在研究中國科技史的過程中，我發現凡是與中國科學與技術有關的東西，一定會同時發現有道家的思想、道家的跡印在。

此外，我個人在中國旅行時有幾次經驗。1942年，我到中國訪問，在昆明的北平研究院，幾位中國朋友，包括李書華先生，他是著名的學者，帶我到西山，我見到建於懸崖絕峰上的三清觀，俯視昆明湖，景色無邊。我問他們三清觀的意義和歷史等，奇怪得很，他們雖為飽學之士，對道教也不敵視，但卻毫無興趣，所知也極有限。而這次經驗則激起我莫大興趣。另一次，記得是在四川與陝西間，當時寄宿在途中旅社，附近山頭有一美麗的道觀。是夜，月華如洗，像今晚一樣，這個道觀顯得特別清幽，令人遐思不已。這類經驗都使我對道家特別感到一種精神上的契合。後來，在成都，一次聽到馮芝生先生在演講中說：「道家是一種極端神秘主義的思想體系，但卻是不反科學的。」他的話顯然給我很深的啟發與好奇。以後，我們(我說我們是指魯桂珍等一些志同道合的人)的研究也在在顯示道家思想之「不反科學」的精神質素。

金：您的《中國科學技術史》可說決定性地摧毀了中國過去沒有科學與技術的觀念與論斷。在這方面，您的工作是有永久價值的，它們在世界科技史上應佔一顯要的地位。

我所感興趣的是：究竟是哪些因素或因緣使得您去懷疑上面提到的，為無數中西學者所深信不疑的錯誤觀念與論斷？您曾說過，在起初，您想探尋傳統中國的科學的興趣與好奇心，當時似乎也沒有受到您劍橋大學同事們的鼓勵。對了，據我所知，當您對中國文化發生興趣時，您在生化學上已經是有卓越成就的學者，並當選為皇家學會的會員了，您怎會由一科學家轉變為一科學史家，甚至漢學家呢？這不能不說是一個大轉變啊！

二、因緣於「道」的悟覺而發現中國文化的大金礦

李：是的，1941年時，我已經在生化學上度過了二十五年的實驗室生活。我也寫過頗有原創性的書，包括 *Chemical Embryology*, 3 Vols.（London: Cambridge University Press, 1931）和 *Biochemistry and Morphogenesis*（London: Cambridge University Press, 1942）。在一般情形，一個入選皇家學會的學者，大概會在他選定的學術領域中，繼續做下去，成為終身職業。我想，我之會改變終身的學術生涯，應該說是與桂珍他們有關的。1937年魯桂珍與幾位中國年輕人來劍橋讀書，使我接觸到了當時對我來說仍是陌生但充滿新奇與好感的中國文化。這一件事對我的改變是非常根本的。回想起來，真好像是命運的安排，或是「道」的悟覺吧。總之，這是一種因緣。

至於我為何會猜測到中國文化中會有科學與技術的金礦，則很難說。我想這與桂珍的父親魯茂庭先生的啟發是有關的。他對子女的教育是同樣看重中西的傳統的。他說中國過去的醫學醫術不同於西方，但絕對是「有道理的」（made sense）。當時，西方

人仍懷有維多利亞時代那種觀念，認為中國醫學醫術是奇怪的，沒有什麼道理的。魯茂庭先生則不以為然。我們以後的研究證明他是對的。我們的《中國科學技術史》第一冊就是獻給魯茂庭先生的。這表示我對他的感謝與敬意。説到我怎會懷疑無數中西學者對中國科技的論斷，或者説我怎會知道中國文化中有這麼一座大金礦，老實説，我開始也沒有那麼樣猜想或那麼樣的自信。原先，我只是計劃寫一本小書，根本未想到會演變成二十大冊的大書，而且成為我們(他又強調我們)的終身事業。

假如説有一個使我產生猜疑的具體的念頭，恐怕還是桂珍那批中國朋友。他們來到劍橋，在Molteno實驗室中的表現，一點也不輸給我們，因此，我就有一念頭——中國人有這樣的科學智慧與表現，中國文化中怎會沒有科學與技術？説實話，問我當時是否知道中國文化中的科學技術是一待採的金礦，我真不知道。真的，我不知道。譬如説，那時候，我們根本不知道中國有比西方早出六個世紀的偉大天文鐘。

金：讓我回到道家這個問題上。照您的看法，道家在中國的科學思想與觀念的發展上佔一中心位置。換個説法，您似乎在假設道家的思想體系構成了傳統中國科技發展的知識性的動力。假如我的了解不算錯，那麼，我要問，這個看法是您研究道家思想的內在結構所得的論斷，還是在您廣泛深入研究傳統中國科技的發明後，再追索出來的理論根源呢？同時，您當然不會不注意到道家哲學與道教的不同，您對道教似乎有很大的好感。

三、中國人把天、地、人看做三位一體，是處於一種和諧的秩序之中

李：不錯，我們認為道家思想是傳統中國的科技發展的重要的源頭活水。在我們寫《中國科學技術史》第二冊時，就討論到中國古典的各派思想。在有系統地研究道家的思想後，我們的信心堅定了。

不錯，道家後來演出了道教，但這一點也不使我困惑。我是一從事科學的人，但也是一教徒。我相信宗教是人類多種「經驗形式」中的一種（one form of human experience），像科學也是人類經驗的一種形式一樣，都各有本身的價值。前些天，有一位神學院的先生問我，神學院應否開設討論道教的課。我的看法是：我們通常所說的道教，實在是對一具有廣涵複雜的現象之指稱，其中一邊有迷信的成分，另一邊又有哲學的成分，在二者之間，則有真正的宗教成分。

金：道家思想在中國無論於社會人生、政治，還是藝術文學方面都有重大深遠的影響。道家的宇宙觀是順乎自然，講「無為」，因此，許多學者都認為道家對

自然是採取一種順服的態度，與西方希伯來傳統對自然採取一主宰控御的態度迥異其趣。在對自然的態度上，道家思想與中國其他各家思想（也許荀子的部分的戡天主義的色彩是例外）基本上並無大異。但有些學者認為這是有礙於科學發展的，而您顯然不同意這種看法，您是否可談談呢？

李：中國文化中並沒有一個創造主的神學思想體系。中國的思想家，基本上不相信一個上帝指導宇宙的看法。中國人所講的天，或道，實際上是一種「宇宙秩序」。道（或天道）可譯為「自然的秩序」。中國思想，特別是道家思想所講的「無為」，並非說什麼都不做，它主要是指順乎自然，不違逆自然法則之意。儒家的《孟子》中，宋人揠苗助長的笑話是大家知道的。它不是對自然的一種消極的順服態度，而毋寧是一種極深的智慧，一種順乎自然而善用之的智慧。培根（Francis Bacon）所說的「只有服從自然，才能擒服自然」是最近乎道家之真義的。

F. S. Northrop以為中國人對自然是一「美藝的」（aesthetic）態度，而歐洲則是一「科學的」態度，這一說法是有問題的。果如是，則中國過去的種種科技發明將不可理解。其實，中西對自然態度之別絕不在科學與非科學。道家與其他中國思想的確不像西方基督教思想是以勝利者姿態對待自然的。誠如Lynn White、Marco Pollis等人的研究指出，西方人有一種「反自然」的偏見，對自然有一種絕對佔有與破壞的心態。反之，在中國思想中，人的地位是被肯定的；人是人，但人並非高高在自然之上。事實上，中國人把天、地、人看做三位一體，是處於一種和諧的秩序之中。誠然，今日西方科技的發展是驚人的，但卻也產生了破壞生態均衡的危機，基本上是由於西方思想對自然的征服態度有問題。

金：德人韋伯（Max Weber）在《中國的宗教》（*The Religion of China*）一書中，認為中國並無自然科學，這看法當然非他所特有，這與當時他所能掌握的有限資料有關，而他這個看法當然不能再成立了。但是，我對他的一個重要論說，即禁欲式的基督教倫理與西方資本主義及科學的產生有重要關係的看法，有極大興趣。一位著名的美國社會學者牟頓（R. Merton）曾追隨韋伯思想的蹤影，寫了一本 *Science, Technology and Society in Seventeenth Century England* 的書。牟頓收集了豐富的經驗性資料，有力地顯示清教的價值體系對十七世紀英國科技的突飛猛進「無意地」（unintendedly）有重大貢獻。我說「無意地」，因為牟頓的分析是落在「制度的」層次，而非「動機的」層次上的。

誠然，禁欲的基督教倫理與道家思想極為不同。不過，我總覺得韋伯、牟頓所論的清教教義與您所論的道家思想，在對中西的科技發展的作用上頗有近似之處。我是說，基督教倫理與道家思想對於歐洲與中國的科技的發展來說，是一種「無意的結果」，不知您以為如何？

四、中國過去的科學家具有道家哲學的傾向是可能的，卻很少是信仰道教的

李：我大致可以同意。當然，你清楚，對於韋伯、牟頓的論點有人是提出批評與反對的意見的。我個人很欣賞他們二人的論著。但我想指出，在十七世紀，宗教改革、資本主義以及現代科學是三者同時產生的，三者的關係相當複雜，很難分得開。這方面恐怕還難有絕對的定案。

金：牟頓的研究收集了有關十七世紀英國科學家的信仰的資料，他發現他們多數是清教徒。1663年，皇家學會成立那年，在六十八個會員中有四十二人是清教徒。他更指出，不只在英國，即在歐陸的科學家也多數是清教徒。

我不知古代中國科學家是否也多數具有道家哲學的傾向。據您研究，傳統中國有類似皇家學會那種「無形的學院」(invisible college)嗎？這種「無形的學院」顯然對科學的推展厥功甚偉。

李：沒有(指無形的學院)。説到中國過去科學家的思想信仰，不久前在瑞士舉行一個專門討論道家的世界性會議。會中，Nathan Sivin博士提出一篇很長很重

要的論文。據他對中國科學家的自傳的研究發現，一般說，他們對道家思想都有認識，但卻很少是道士。我是他論文的評述人，我當時指出，我不信也不以為他們會是道士，但我相信道家思想是一普遍流行而有影響的觀念系統。中國過去的科學家，他們具有道家的哲學的傾向是可能的。就宗教來說，中國科學家，像一般的知識分子一樣，很少是信仰道教的。

金：您的研究清楚有力地證明在十七世紀前，中國在科技上比歐洲遙遙領先。但是，自那時起，西方發生科學革命，技術起飛，中國反而大大相形見絀（用您的話，歐洲能夠決定性地跨越過「中古科學」與「現代科學」的界線，而中國則不能），幾被誤認為一個沒有科技成就的文化。對於一科學史家，一個最令人迷惑而不能放過的問題一定是：為什麼科學革命發生在歐洲而不在中國？我知您對此問題已思考了好多年，並且已提出一些答案或否定了一些可能的假設。事實上，在您這次「錢賓四先生學術文化講座」中，您的第四講「中西對『時』與『變』的態度之比較」就辯稱中國人對「時」與「變」的態度基本上與猶太基督教並無大別。因此，這個思想性的因素就不能用來解釋為什麼科學革命發生在歐洲而不發生在中國。是不是？

李：是的，絕對的。

金：在1935年，您發表了"Limiting Factors in the Advancement of Science as Observed in the History of Embryology"這篇論文。在這篇論文中，您指出，用「動機」(motive)作為科學發展的分析的焦點足以模糊我們的眼光，無法認識社會與經濟對科學的影響。上面已提到，您認為思想性或知識性的因素(包括信仰、迷思等)在傳統中國並不構成科技發展的阻力。這些在在都顯示您不是屬所謂「內在派」(internalist)的歷史學者，而是屬「外在派」(externalist)的歷史學者；也即您對科技的發展形態的原因，不從科學思想的內在結構中去尋找，而從外在的，例如社會與經濟的因素去探討。這一立場更接近「科學社會學」或「知識社會學」的立場。您同意嗎？

五、中國不能從「中古科學」跨進「現代科學」的門檻，主要緣於社會政治的結構

李：呵，是的，絕對的。我們曾徹底檢討「內在派」或「外在派」的歷史學觀點。我們的結論是：內在派的科學史學觀點是不能圓滿解釋中西之不同，也無法解釋中國與印度的不同。總之，單單用哲學思想的因素是無法為中西科學發展之不同提出圓滿的答案。我們必須再看社會的結構、經濟因素等。

金：雖然不是您的最後定見，您似乎相當肯定，中國之不能產生如十七世紀歐洲的科學的飛躍或革命(或

者說從「中古科學」跨進「現代科學」的門檻），是緣於中國的社會政治結構，即您所說的「封建官僚主義」（feudal bureaucratism）。我個人並不以為從秦帝國之後，中國再是一封建社會。儘管我可以同意秦以後的中國社會並不完全缺少封建性的質素，但主要地，中國是一官僚的帝國系統，它有一全國性的以才能為甄拔標準的文官系統，社會的流動度（上升或下沉）是很大的。假如如您所說，中國是一「封建官僚主義」（我個人不願意把bureaucratism譯為「官僚主義」，而照韋伯的原意，譯為「科層主義」。我有一文討論及此。），那麼，究竟「封建性因素」濃呢，還是「官僚主義因素」濃呢？

李：這是非常重要的問題。實際上，秦以後的中國究竟用什麼名詞來稱呼恰當，大家都不能一致。我同意，秦以後中國的官僚主義的色彩是很顯著的，它的文官制度是極透剔而有力的。同時，我要指出，中國的封建官僚主義社會是極不同於歐洲的封建社會的。在後者，是一種軍事的貴族的封建主義，驟看起來很有力量，實際上很脆弱，根本上還抵擋不住新興的商人集團。商人甚至於可以把他們收買。再說，歐洲有城市（polis），中國則無。中國是大一統國家，官僚體系控制社會無疑。在中國，軍人一直在文官之下。當然，在亂世又不同。在中國，商人的地位也是受歧視的。他們的力量與地位不能與歐洲的相提並論。

金：在這裏，我想插一句，商人或軍人在中國社會的地位與作用恐怕是一個還沒有完全定案的題目；不過，有一個似乎是可以肯定的，在傳統中國，商人與軍人雖不及在歐洲重要，但他們也不是那麼低微或無足輕重，許多研究都證明了。説到這裏，我想起一位社會學者宋勃格（Gideon Sjoberg）曾提出一個「矛盾的功能需要」的概念。這個概念很可用來幫我們對傳統商人與軍人的角色有所思考。譬如比較地説，商人在儒家的文化價值與邏輯中是不受重視的，商民位於四民之末，而歷代具有儒家性格的法律對商人也有歧視的規定，故商人在文化主流思想上向來受輕忽的。但事實上呢？由於商人在社會上的功能是通有無，是提供士紳生活的物質條件，是國家重要的税源，因此，商人的存在構成社會的「矛盾的功能需要」，扮演很重要的角色。這至少可以部分解釋中國商人在實際上的地位並不低微，且往往十分有力的原因。軍人的情形也是一樣。一方面，中國輕兵，有「好男不當兵」的觀念，但另一方面，軍人卻在社會上有禦敵保社稷的功能。因此，在文化觀念上，輕兵雖輕兵，但軍人的地位卻很崇隆的。當然，最重要的，我們還要弄清楚，商人只是一種行業，但在商這一行業中，有巨商與小販之分，他們的地位是有天壤之別的，此於分析軍人時亦然。

好了，讓我再回到剛才的題目上去，您把科學發展的主要因素歸之於外在於思想系統或價值系統的社會經濟因素，我想，您是指「主要因素」，而非唯一因素。您不會排除思想或價值系統本身的作用吧！

李：當然，我們只覺得單從科學或其他的思想系統來解釋科學與技術的發展是不能完整的。

金：事實上，科技是人類文化活動的一種，它們不是獨立的，也即與其他人類活動不能隔絕來看的。「科學社會學」基本上就是研究科學與社會之間互相影響的關係。科學與技術對社會的影響，劍橋的羅素以及當代有許多人，都已關注及此，並感到憂慮……

李：是的，二十世紀六十年代西方就因為科技造成的實際災害或巨大陰影，而激起了「反科學運動」。

金：我想您說的「反科學運動」是指反「科學主義」(scientism)，而非一些基於政治或宗教狂熱的反智運動！好像文化大革命！

李：不錯。「四人幫」基本上是反智(anti-intellectual)、反學術、反知識的，本身是非理性的。我說的「反科學運動」，它最深的意義就是您說的「反科學主義」，那是一種對科學主義的反響與批判。

金：講到「反科學主義」，我想，這是很重要的哲學性與思想性的運動。

李：是的。

金：您是否曾經寫過一篇文章，好像很同情「反科學主義」的批判，同時，又為「科學」辯護。當然，堅信科學的價值與「反科學主義」是並不衝突的立場。

六、相信中國的「有機哲學」可以藥救西方「科學主義」的弊端

李：是的，我曾寫過一篇論文討論這方面的問題，題目是「歷史與人的價值：一個對世界科學與技術的中國觀點」（History and Human Values: A Chinese Perspective for World Science and Technology）。

思想界與學術界所出現的「反科學主義運動」是二十世紀六十年代末期的一個重要的文化現象。這個運動中特別是年輕人對科學產生一種疏離與反感，因為他們覺得現代科學對社會具有罪惡、專橫與非人性的結果。T. Roszak的*The Making of a Counter Culture*及*Where the Wasteland Ends*二書就代表了這種思想。不過，他們之反科學的觀點並不僅僅停留於指責誤用、亂用技術之惡果上，他們的批評要深入得多。他們批評「客觀意識的迷思」（myth of objective consciousness）；他們抨擊把觀察者與外在的自然現象斷然割開的「疏離的二分化」。他們指出，科學的世界觀的壟斷性，足以造成「文化的科學化」（scientization of culture），最後不是造福人群，而是奴役人類。我個人認為「反科學」運動的真正意義應該在於：科學不應該被視為唯一有效的人類「經驗形式」

(參前)。把科學的真理看做是唯一可以了解世界的觀念,實在是歐美文化的疾病。這也就是「科學主義」的疾病。人類經驗形式是多元的,科學只是一種,其他還有宗教、美學、哲學、歷史等,都各有其價值的。以科學的觀點為認知世界唯一有效的觀點,使西方走上機械的唯物主義和科學主義之窄巷,這是我所不能接受的。不過,我們也應了解,科學使人類擺脱恐懼、禁忌和迷信。我們可以反「科學主義」,但不能反科學,我們不能重回到前科學期的無知狀態去。我要再強調,對科學是不必詛咒的,問題是我們應知科學的有限性,人類的樂土是不能單靠科學去贏得的。

金:我很同意您對「科學主義」的保留與批評。這種以科學方法為理解宇宙的唯一有效的途徑的信念,顯然是西方自文藝復興以來越來越有力的思想模態。這是一種科學的宇宙觀,它取代了中古的神學的宇宙觀。科學的宇宙觀可以説是在伽利略手中發展出來的。他的名言是:自然乃一本用三角形、圓圈與方形的語言寫成的書。他相信所謂「第一性」(primary qualities)的東西才能用數學加以表達的,才是客觀而絕對真實的。這種科學宇宙觀如限用於自然世界,或不為過,但如適用到人事界,就不無問題了。

李:自伽利略以來,第二性(secondary qualities)的東西在科學解釋中都被壓制了。現代化學就有一種信念,即生命的現象是可以由原子與分子或更小的元素來解釋的。這顯然是一種「減約主義」(reductionism),這就是為什麼我相信中國的「有機哲學」可以藥救西方的「科學主義」之弊端。中國的陰陽觀從不會走上「減約主義」上去,因為陰陽是永遠相濟相生的。在中國,從沒有像在歐洲一樣,把世界截分為精神與物質。我們研究中國科學史發現,中國科學家並不在物質與精神間劃一尖鋭的界線,這無疑是與中國的有機哲學觀一致的。

七、需要一種「範典」把傳統中國的醫學歸入現代醫學

金:您説自伽利略以來,第二性的東西在科學解釋中都被壓制了。實際上,在社會科學中,問題是更嚴重的。震於自然科學的偉大成就,自十九世紀末葉以來,社會科學就走上模仿自然科學的道路,即採用了自然科學的方法來研究社會與文化現象,也即採取了自然主義的觀點。因為科學的宇宙觀已經不自覺地被視為唯一的有效的宇宙觀了,社會科學也很少再去省察其研究對象的特性,而相信自然科學與社會科學的邏輯架構與秩序是無別的。但由於不能決定或無法處理人之第一性的特徵(如人之意識、目的性行動等),乃只有把那些可以觀察的外表的行為特性作為科學分析的對象了。這就不免常常出現「減約主義」的現象。

到現在為止，社會科學的成就較之自然科學是相形見絀的。許多人認為這是由於社會科學還太「年輕」之故，因而，心理上在期待「社會科學的牛頓」的出現。但有一位劍橋的社會學者紀登斯（A. Giddens）説得很妙，他説：「那些仍然在等待牛頓來臨的人，不但那列車不會到達，他們根本等錯了車站。」您對這位劍橋同仁的説法有何評論？

李：這使我想起一件趣事，有人説達爾文是生物學中的牛頓，但有位朋友説，我們連伽利略都還沒有呢！我以為現代科學是有普遍性的，中國的現代科學應該無別於世界其他地區的現代科學。科學方法也是只有一種；在控制實驗中只有一種邏輯，數學假設的應用，以及其用統計方法的測驗也只有一種。科學的「範典」（paradigm）當然會變，愛因斯坦的世界系統已改變了牛頓的，但這並不因此改變了科學方法的基本性格。我是相信世界科學的，要注意的是：理解事象的科學方法雖只有一種，但這並不表示某些人的經驗形式是不可能存在於科學之外的。同時，我相信生命包括不同的經驗模態（mode）或形式（form），它們是「不可以減約的」（irreducible）。

金：您剛才提到「範典」，我不知孔恩（Thomas Kuhn）在其《科學革命的結構》（*The Structure of Scientific Revolutions*）一書中所用「範典」的觀念對您研究傳統中國的科學發展有無用處？

李：關於範典改變的問題，我們都考慮過，但孔恩的書只講現代科學，對於古代、中古的科學根本未觸及。如講中國科學的範典，則應該從鄒衍、陰陽等的思想講起。

講到「範典」，我想，如何把傳統中國的醫學歸入到現代醫學中去是很重要的，這需要一「範典」，否則傳統中國的醫學不易為世界科學界所注意，也很難發生作用。這牽涉到很多問題，名詞的翻譯就是一個。有一位德國學者，把中國二十幾種「氣」都譯為能量（energy），這很使我們擔心，因為「能量」是二十世紀的概念。

金：您的信念，即人類的各種經驗形式，如歷史、美學、宗教，都有其獨立性，都有其價值，而且是不能加以減約的。我很欣賞，也同意這種看法。據我了解，您是英國皇家學會（Royal Society）的會員。那是科學家的學會。同時，您又是英國學術院（British Academy）的會員，那是人文學者的學會。這樣，您倒真是兼具科學與人文兩種文化的身分，這在學術分化越來越烈的今天是很鮮有的了。

八、把能否完成《中國科學技術史》這件事完全託付給「道」

金：我不知您對劍橋施諾（C. P. Snow）爵士的頗滋爭議的「兩個文化」的論點怎麼看法？

李：施諾的說法，誠如你所說，曾引起很大的論爭。不過，他的說法是有些道理的，有些人的心靈或興趣，實在太狹窄。當然，這在科學家與人文學者中都有，科學與人文之間的確出現不可逾越的門牆。在劍橋，我曾遇到過有些人對科學不但無興趣，而且有一種憎恨。反之，有的科學家對文學也缺少欣賞的心態。

金：您常寫詩？

李：我是寫詩的，但大都當我在中國的土地時，才有寫詩的衝動。中國的文化土壤對我來說有一種特有的氣氛。

金：在您一生中，您覺得哪些人對您發生過重要的影響？

李：毫無疑問，我的父親Joseph Needham pére是一位。他是一個醫生，我的科學思考的習慣是父親的影響下養成的。第二位應該是E. W. Barnes。他是一位數學家，也是一位教士，後來成為伯明翰的主教。在我十一歲時，父親帶我聽他的講道，是極有啟發性的神學講演。第三位是我中學的校長F. W. Sanderson。他是H. G. Wells的朋友，他使我對歷史與生命產生興趣與悟契。第四位我要說是F. G. Hopkins爵士。從1920到1942年，劍橋大學的生化實驗室可說是我的家，我由學生而助教，而成為Sir William Dunn教授（Reader），都是在Hopkins爵士主持的生化系。他是英國的現代生化學之父，曾擔任英國皇家學會會長。我的胚胎學研究是有原創性的，也是受到他的鼓勵的。我對他有無窮的追憶。第五位我要提的是Charles Singer。他是科學史家。我曾住在他康惠(Cornwell)的家，滿室是書，可以盡情瀏覽。我未聽過他正式講課，但在家常閒居的談話中，我從他那裏得益極多，當時情景，難以忘懷。上面這幾位對我一生發生很大的影響。我把他們的名字寫給你。

1942年，我的學術生命史上出現了一個大分界，自此，我的興趣就轉向中國科技史的研究了。當然，桂珍等中國朋友對我都有深遠影響，這是大家已經很清楚的了。

金：在您從事的中國科技史的研究中，您遭遇到的最具挑戰性的問題是什麼？

李：應該是我們已談過的問題，即現代科學為何發生在歐洲，而不是在中國。

金：這是一個老問題。我還是想問，您何時可以完成《中國科學技術史》這部巨著？

李：我實在不知道，我完全交給「道」。我想，至少再要十年或十五年。不過，有一點是可以肯定的，這個大計劃一定可以完成，我也許不能在有生之年親見它完成，但研究經費已有著落，各個分別計劃的合作人都已約定了，劍橋大學出版社視此為最重要計劃之一，出版也是沒有問題的。

中國科技史的撰寫計劃以外，「東亞科學史圖書館」的建立也已有具體的眉目了。

九、「東亞科學史圖書館」的建立

金：對了，您能不能談談「東亞科學史圖書館」的構想和計劃？

李：自1942年以來，我們從中國與西方搜集了許多科學史的珍貴資料，目前所收中日的書籍與論文已有五千五百個項目。有些項目包括多至幾百乃至一千七百冊。西方語文的有一萬四千本。這些資料都是有高度選擇性的，它們是多年苦心搜集得來的。這個圖書館的藏書在西方是獨一無二的，在全世界，也只有北平科學院的科學圖書館可以比擬。再說，我們的資料是完全依研究題目，而非照語言來分的，因此，特別方便於專家的研究。我們覺得這些珍貴的資料應該有一永久庋藏的處所，以供世界學者研究之用，因為即使《中國科學技術史》完成，也只能用去其中一部分的資料。這個永久圖書館的想法已經有了具體的計劃。劍橋大學新成立的羅賓森學院（Robinson College）已經在學院西角捐出一塊地，以供建館之用，羅賓森學院院長魯易士（J. Lewis）教授對此很熱心。（月前魯易士教授訪中大，他來新亞看我時，特別提到李約瑟博士的圖書館，言談之間，可以看出他以羅賓森學院有此圖書館而感到榮譽，此無疑將使羅賓森學院在名院林立的劍橋樹立一獨特的形象與聲譽。——耀基）我自己是羅賓森學院的董事，桂珍是院士。東亞科學史圖書館地是有了，圖則也畫好了，目前我們正在籌募圖書館的建築費用。我對這個圖書館有很大的信念，將來羅賓森學院應是世界科學史家研究、討論的一個好地方。

十、在科技史上替中國文化討回一樁公道

金：最後一個問題。您覺得您遺留給後世最重要的是什麼？

李：我不知道。但是，我想應該是我們幾十年來所從事的工作。簡單地說，這是一樁公道（act of justice）。我覺得西方對中國文化是不公道的，現代西方最驕傲的是科技，西方人長久以來，以為中國是沒有科技的，這是極大的不公道。我想我們的工作是對中國文化盡了一份公道。我希望有一天，也有人對印度的科技史作一系統的研究。我希望大家知道，科技是世界性的，它不是哪一個民族或文化的專有品，在科技的發展史中，許多文明在過去都曾有過貢獻，並且相信將來更會如此。唯有在各個文明互重互諒下，世界的明天才有福祉與和平。同時，唯有各個文明合作，才能看到早期皇家學會所稱的「真的自然知識」之偉大巨廈的建立。

1980年3月

小川環樹與日本之中國古典文學

一

1978年秋，新亞書院建立了「錢賓四先生學術文化講座」。

是年秋，賓四先生親自來港，主持講座之首講，講題是「從中國歷史來看中國民族性及中國文化」，深入淺出，聽者動容。他的講稿現已分別在港台二地以專書刊布，影響深遠。1979年10月，講座的第二位講者是譽滿中外的劍橋學者李約瑟博士(Dr. Joseph Needham)。我們之邀請李約瑟博士為講座的第二位講者，毋寧是很自然的。講座成立之初，我們就立意要使它成為世界性的。我們相信學術沒有國界，它是超越政治、種族、宗教之上的。這個講座以發揚中國文化為宗旨，而中國文化早已成為世界文化的一個組成。在世界各國，對中國文化有溫情之敬意而卓有成就者，頗不乏人。因此，我們願意通過這個講座逐年邀請他們來院講學。李約瑟博士從事《中國科學技術史》(*Science and Civilization in China*)之巨構，焚膏繼晷，數十年如一日，其對中國文化之熱誠，令人動容。他在新亞主講「傳統中國之科學：一個比較的觀點」，通過嚴謹的科學方法與豐富的想像力和識見，拓展了中國文化的視野，引起中外學界的重視。李約瑟博士之講稿亦已分別由中文大學出版社及哈佛大學出版社出版。

二

當我們考慮講座的第三位講者時，我們的視線又返回東方。在中國文化的研究上，日本是一個極具歷史與貢獻的鄰邦。日本與中國有源遠流長的文化關係，中國的《論語》和《千字文》早在晉武帝時代即已傳入日本。隋唐時代，中國文化直接輸入扶桑三島，促發了日本的「大化革新」，使社會文明的面貌煥然改變。自茲之後，儒家思想實際上成為形塑日本價值規範的重要因素，其影響迄今不斷。明治維新之前，儒家經典為日本學者鑽研之對象，且學者均有一定之修養。明治維新之後，西方學術思想與方法傳入日本，使日本傳統漢學發生重大激盪，在研究領域上，從經學擴展到文學、史學以及美術等，光景丕然一變。故在世界漢學研究史上，日本始終是重要中心之一，且代有卓然成家的巨子。新亞講座最先希望能邀請到的是吉川幸次郎先生與小川環樹先生，並決定1980年的講座先由年齒較長的吉川先生擔任。吉川先生是日本漢學界的權輿，在國外久享盛名。吉川先生才氣縱橫，方面廣，開拓多，文章吸引力大，更能「從人人讀的一般書裏，提出新的見解」。他與三好達治合著的《新唐詩選》，膾炙人口，而自編的《吉川幸次郎全集》，煌煌巨製，尤聲華奪人。吉川先生講一口京片子，識者稱美，而他不但能寫典雅的中文，且有一手老辣的書法。1978年秋，我寫信請吉川先生擔任講座時，他在乙未十二月六日的覆信中特別說：「踵二老之後，徵管窺之説，何榮如之」，惟當時他正患胃病，延醫割治不久，十分擔心身體的情況，他特別憂慮在講座時「若臨時中輟，尤恐不安」，因此很感到猶豫。接其來書，我再次去函，重申邀請之誠意，並趁饒宗頤先生赴京都講學之便，請其順道催駕，就在這段時間，我陸續接到吉川先生身體有變化的消息，忐忑不安者久之。1980年4月8日，就聽到吉川先生謝世之噩耗。毫無疑問，這不只是我們的損失，日本的損失，也是世界漢學界的損失。為了表示我們對這位鄰邦偉大學者的誠敬之意，新亞決定1980年不另請其他學人，講座停辦一年。

吉川幸次郎先生逝世，日本漢學界不無寂寞之感，幸而，小川環樹先生仍健在。我們於是決定請小川先生擔任1981年「錢賓四先生學術文化講座」的講者。小川先生與吉川先生的樣貌、性格與文風十分不同，惟二人皆是日本中國文學方面的巨擘。再者，二人情誼深厚，皆以發揚中國文化為畢生大業，且合作從事過不少學術工作，如《中國文學報》、《中國詩人選集》等。所以由小川環樹先生來主持講座，不但使講座享有崇高聲譽，更且彌補了去歲因吉川先生之逝世而停辦講座的遺憾。

三

小川環樹先生，生於1910年，1932年在京都大學文學部中國文學科畢業。在文學方面，師承鈴木虎雄、青木正兒；在語言學方面，受倉石武四郎影響最深。1934年到中國北京大學及中國大學留學兩年，從魏建功、吳承仕、錢玄同諸先生遊，並受知於羅常培先生。返國後，執教於大谷大學、東北帝國大學等校。1948年返其母校京都大學擔任講席，直至1974年榮休，前後達四分之一世紀。京大為敬崇先生之成就與貢獻，於先生榮休後聘其為名譽教授。京都大學近數十年來在中國文學上之享有顯赫地位與深遠影響力，與吉川幸次郎及小川環樹這二位先生的坐鎮是分不開的。熟知日本漢學界者，皆認為當吉川與小川先生在京都大學主持講座時，一時瑜亮，盡得精彩，京大中文學系達於黃金時代。

小川先生不只受業於名師，更是出身於名門。小川先生的家庭真正當得起中國人所說的書香世家。他的尊大人小川琢治先生，是地質學家，並且精通中國古代地理。他的三位兄長在學術上無不飲譽一方：小川芳樹先生，冶金學家；貝塚茂樹先生，歷史學家；湯川秀樹先生，則是日本第一位獲得諾貝爾獎的物理學家(湯川先生最近不幸謝世，我們在此特表敬悼之意)。小川環樹先生生長在這樣的學術世家，與其說他擁有一個登向學術之宮的優勢環境，毋寧說構成了他心理上的重大衝擊與挑戰。但小川先生畢竟以深厚的學識與堅毅的定力，昂然走向中國文學的廣闊天地，而開闢了一片獨特領域。在中國文學的研究上，小川先生與吉川先生互相契合，而各有所擅。現在京都大學執教的興膳宏先生曾受業於二人，對此有一段很好的描寫：

> 兩位先生所授課目，實際上在多方面互相關聯，連二人的著作也顯示並行不悖的趨向：吉川教授著《詩經國風》、《宋詩概說》、《元明詩概說》等，小川教授則著《唐詩概說》、《蘇軾》等；吉川教授翻譯《水滸傳》，小川教授則翻譯《三國志演義》；吉川教授出版《元雜劇研究》，小川教授則出版《中國小說研究》。如此學術上相輔雁行，齊頭並進，實屬罕見。

在世界漢學界，小川先生無疑是對中國古典文學作返本開新工作的第一線學者，他在《風與雲：中國文學論集》等著作中，對中國文學中的一些問題，不只有新的看法，而且對後來的研究有定性定向的作用。小川先生是一位十分謹嚴的學者，輕易不落筆，落筆必有物，而且細緻精純。從他著作的內涵觀察，小川先生的興趣與心得是多方面的，他的學養是博通而又專精的。最難能可貴的是，他不但在中國古典文學上有深湛淵博的造詣，同時在中國語言學上也有夐然不凡的成就，他的《中國語學研究》一書奠定了他在這方面的聲譽。

四

前一輩的日本漢學家，不只能説中國話，看中國古典，並且都能寫一手可觀的中國字。當我收到第一封小川先生的信時，很為他的書法所吸引，覺得有地道的中國氣味，令人感到親切（錢鍾書先生認為他的書法大有唐人歐陽詢的風格）。品其書，而思見其人。去年8月，我有幸在南港中央研究院舉辦的國際漢學會中見到小川先生，他給我的印象，誠如興膳宏先生所説：「清瘦如鶴，風度翩翩。」在會議中，他用中國話宣讀〈陸游詩與其家學〉的論文，英華內斂，樸實中見其精美。之後，我們有機會在台北故宮博物院閣樓一起飲咖啡，當時，樓外細雨迷濛，先生一邊賞景，一邊談些書畫之事，文靜輕淡，恂恂儒雅，一身充滿了藝術性與古典氣質。

小川先生在世界漢學界享有盛譽，但迄今為止，他的重要著作還沒有譯為中文，使不諳日文者無緣一近先生的學問，不能不説是一遺憾。小川先生畢生精治中國文學、語言學，在日本為中國文化的傳播發揚不遺餘力，在中國學術上貢獻卓越。我們久在盼望能有機會一接他的言論風采。現在，小川環樹先生翩然蒞港，為新亞書院主持1981年的「錢賓四先生學術文化講座」。先生將作三次演講，總題是：「風景在中國文學上之意義與其演變」。小川先生對中國詩學素有深刻獨到的研究，對中國風景詩之闡發尤名於世，此次講學之有精彩論析，是可以預見的。我們相信，這不只是新亞書院歷史中的重要一章，也將是中日學術交流史上的重要一章！

1981年9月

狄培理與美國之新儒學研究

一

三十三年前，新亞書院在香港誕生，它孕育於一個偉大的學術文化理想。這個理想就是要承繼中華傳統，開展中國文化。此一理想的標立，乃是有感於中華文化傳統百年來受到多種勢力的侵壓與歪曲，使它的真貌與精神無由彰顯，且衰微傾圮，不絕如縷。是以錢賓四等諸先生於顛沛流離、憂患無已的困境中，發願建校，以振興中國文化為情志所在，故新亞之建立，實象徵中國讀書人對中國文化之信念與大願。誠然，新亞理想的落實，端賴我們長期與多方面之努力，而天下之大，東海、南海、西海、北海，必多有對中國文化抱持與新亞同一情志者。同時，我們相信，在今日萬國交通、天下比鄰的情形下，學術已日趨世界化，中國文化不發展則已，發展則必成為世界文化之一個重要組成。1978年秋，我們建立了「錢賓四先生學術文化講座」。

這個講座的中心旨趣不外在匯聚世界第一流研究中國文化學人之智慧，以顯發中國學術文化之潛德幽光。

1978年秋，錢賓四先生重臨他手創的闊別多年的新亞，主持講座之首講，講題是：「從中國歷史來看中國民族性及中國文化」。當時，錢先生已八十四高齡，且困於黃斑變性眼疾，惟先生連作六講，一絲不苟，足見先生對此講座之重視，而其對中國文化情之厚、信之篤，固表露無遺矣。1979年10月講座第二位講者是科學史的權輿、劍橋學者李約瑟博士（Dr. Joseph Needham），主講「傳統中國之科學：一個比較的觀點」（Science in Traditional China: A Comparative Perspective）。在一系列的五次講演中，他將其畢生治學精華濃縮談出，在宏偉的世界科學宮殿中客觀地凸顯了傳統中國科學的光輝。李約瑟博士之講演，拓展了中國文化的視野，使中國人在現代科學的研探中，獲得最真切的鼓舞。1981年講座的第三位講者則是日本京都大學名譽教授小川環樹教授，小川教授是日本研究中國古典文學的第一線學者，他主持的「風景在中國文學上之意義與其演變」的一系列講演，細緻地透露了他對中國詩學的獨到見地，他之來新亞，實是中日學術交流史上的重要一頁。

二

1982年講座的講者，我們決定敦聘美國哥倫比亞大學擔任「梅遜講座教授」（John Mitchell Mason Professor of the University）的狄培理先生（William Theodore de Bary）。這是由於狄培理先生不但在新儒學方面有卓越的成績與貢獻，並且在中國思想研究的推動上，也在美國學術界起了不平凡的領導作用。

美國在中國文化的研究上，較之西方歐洲許多國家，歷史是最短的。開國時代的賢哲，如華盛頓、富蘭克林，誠然對中國文物思想頗多嚮往，但當時美國對中國，乃至整個東方的認識是極為浮光掠影的。此後，像艾默生、梭羅等少數俊傑雖然對中國文學哲學的境界有一種欣賞之喜愛，但十九世紀的美國知識界對中國的了解仍不脫皮相耳食，且在在惟歐洲馬首是瞻。一般言之，1891年理雅各中國經典譯品的問世為英語世界研究中國思想與哲學奠立了基礎，而美國也大約從這時候開始才有較為嚴謹的學術性探索。二十世紀三十年代之後，中美學術界交流加增，中國研究在美國在質與量上皆有大進步，光景一變。二次大戰之後，美國學術界對中國之興趣有增無減，各著名學府多有中國學科之設，研究亦日趨多元化、精緻化，大大越出傳統漢學之範圍。由於人才匯聚，資源豐沛，中國研究蔚成大國，成績斐然可觀，美國隱然已成為中國研究之重鎮。惟美國學術界之主流，沿循了「五四」反傳統的脈絡，對儒家思想之價值自覺與不自覺地懷疑多於肯定，且大都認為中國文化傳統已到了山窮水盡之境，或且直以為儒家學說是中國現代化之根本障礙。中國文化傳統中潛隱與顯性的問題，在這個嚴峻的批評過程中固然得到進一步的釐清與披揭，但中國文化思想中內在價值卻也因此陷了深一層的迷障。就在這樣的一個學術風氣和局面下，有一些學人，對中國文化，特別是新儒家思想，卻抱持更深的同情的理解與反省，他們通過對原典的體會與研究，逐步從儒學本有的思想結構中去掘發它內在的精神活力和自我創造轉化的機運。經由這些學者長年苦心經營，向為人所忽略的新儒學逐漸成為一個學術研究的大課題，而新儒學的歷史意義與時代價值亦漸次獲得欣賞與重視。也因此，我們相信，整個儒學傳統的評價勢必受到新的考察。誠然，新儒學的研究在東方世界不乏大力推動倡導的老師宿儒，新亞書院的前輩學人如錢賓四、唐君毅、牟宗三、徐復觀諸先生在這方面即作了許多承先啟後影響巨大的工作。惟在美國，則陳榮捷先生最稱老師。而著書立説，策劃領導，使新儒學研究蔚成氣候者，則不能不首推狄培理先生也。

三

狄培理先生，生於1919年。他的學士、碩士和博士學位皆得自哥倫比亞大學。此外，他曾先後在哈佛及中國的燕京大學和嶺南大學研究。二十世紀四十年代末，他在嶺南大學與陳榮捷教授相交，結下此後數十年學術合作之緣，成為中美學術界稱道不已之美事。1949年，先生返母校首執教鞭，孜孜不倦以迄於今，歷三十餘年，他的學術生涯可説與哥倫比亞大學密不可分。自1953年起先生在哥大陸續出任了大學東方研究委員會主席（1953–1961）、東亞語言及區域中心主任（1960–1972）、東亞語言及文化學系主任(1960–1966)、卡本德東方研究講座教授(Carpentier Professor of Oriental Studies, 1966–1979)、大學教務會執委會主席(1969–1971)等職。1971年起擔任該校綜理學術發展的副校長之職達八年之久。先生不但是一流的學人，且是一流的教育行政長才。他首先發展了哥倫比亞大學學院的本科課程，繼而拓展了研究院的東亞研究，此外，又領導主持了一個出版計劃，為通識教育及研究所出版了一百五十本以上的書籍。先生之用心蓋在為哥大重建學術之方向，其主要之目的則不外通過各種教育計劃以推動學術之更新。他在副校長任內，創立了生命科學、社會科學及人文學的各個中心，建樹宏多，貢獻卓絕。先生於卸脱副校長之重任後，由於該職負荷過重，校方不得不將之一分為三，由三位副校長分而任之，先生精力與能力之過人處於此可見一斑。

狄培理先生之本色是書生，學術是他最根本的趣旨，故無論教育行政如何繁重，他在學術研究上數十年如一日，從不間斷，是以著述不輟，質量皆富。他之研究範圍為東亞思想與宗教，而其著力最多者則是中、日、韓之新儒學。先生對新儒學之興趣發源於早年對明末大儒黃梨洲(宗羲)之研究，對梨洲《明夷待訪錄》一書極之心醉，其博士論文即以是書為中心根源。先生自稱梨洲是他精神上的老師，他之對新儒學乃至整個中國思想之探根尋源，可說是以梨洲之學為切入點的，而其方法亦師意梨洲，即從中國傳統的內部本身以發掘儒學之原始義及其開展落實之問題與契機。當狄培理先生進入新儒學之際，新儒學在美國學術界仍是一片荒涼落寞，研究新儒學是一條孤寂的道路。但他在與陳榮捷先生等少數人砥礪切磋下，更從原典的閱讀中獲得信念與興趣，對於新儒學一往情深，不但自己鑽研冥索，樂此不疲，並大力鼓吹，糾合北美志同道合之學人齊力研究，在哥大且開設「新儒學思想專題研究」之課程，更通過各種基金會的支助，召開一系列國際性會議，延請中、美、日、韓等國學者互相攻錯，使當代研究新儒學者同聲相應，匯成學術動力。

狄培理先生治新儒學的心路歷程，旁搜遠紹，不斷加深擴大。在縱的方面說，他由明而上溯宋元，相信明代儒學之精神內涵實上承宋元之餘緒而來，而欲展現其歷史的發展面貌與底蘊；從橫的方面說，他由中國而旁及日本、韓國，認為新儒學絕不只是中國之文化現象，亦是東亞的文化現象，而欲探討其普遍性與特殊性。無疑地，新儒學是思想上一龐大複雜的課題，必須集合一代甚或數代學人的智慧與學力始得有功。而迄今為止，狄培理先生已經編著了五本專書，另外至少尚有四本正在計劃之中。

已出版者包括：《明代思想中的個人與社會》（*Self and Society in Ming Thought*, 1970）；《新儒學的開展》（*The Unfolding of Neo-Confucianism*, 1975）；《理學與實學》（*Principle and Practicality: Essays in Neo-Confucianism and Practical Learning*, 1979）；《道學與心學》（*Neo-Confucian Orthodoxy and the Learning of the Mind-and-Heart*, 1981）；《元代思想：蒙古人統

治下之中國思想與宗教》(*Yüan Thought: Chinese Thought and Religion Under the Mongols*, 1982)。無可置疑地,這些書將不只對當代亦且對下一代有志於新儒學者產生影響。必須指出者,先生學術興趣之焦點固在新儒學,但他的學術視野卻遠為遼闊,確切地說,他的學術觀是世界性的。先生是一位西方人,但他的文化理念是一泯滅「東」、「西」之對的世界社會。他肯定東方文化在世界文化中的重要位序。在〈世界社會的教育〉一文中,他嚴肅地指出東方技術的落後絕不可誤以為是東方文化或社會的不成熟。他堅信東方文化應該是西方大學通識教育的一個重要組成。在這裏,他顯然感到西方對東方理解是不足的,故在二十世紀五十與六十年代,在他傾力投入到新儒學之前,先生與一些有心人,全心全意地從事一項介紹和引進東方文化的大計劃。

他先後編寫了下列重要的著作,如:《東方古典研究法》(*Approaches to the Oriental Classics*, 1958);《亞洲文明研究法》(*Approaches to Asian Civilizations*, 1964);《東方典籍入門》(*A Guide to Oriental Classics*, 1964);《日本傳統典籍選編》(*Sources of Japanese Tradition*, 1958);《印度傳統典籍選編》(*Sources of Indian Tradition*, 1958);《中國傳統典籍選編》(*Sources of Chinese Tradition*, 1960);《佛學傳統典籍選編》(*The Buddhist Tradition*, 1969)。這一系列著作的出版,不啻開啟了通向東方文明殿堂的大門,也許不算誇大地說,這是英語世界對中國乃至整個東方思想研究的分水嶺。

先生在學術與教育行政上的成就，廣受推崇，所得榮譽不勝枚舉。其犖犖大者，如聖勞蘭斯大學（St. Lawrence）、羅耀拉大學（Loyola）之榮譽博士學位，美國歷史學會之華吐穆（Watamull）獎，教育出版協會之費雪般（Fishburn）獎，而於1969年更榮膺美國亞洲研究學會會長。

四

狄培理先生數十年的學術生涯，簡言之，即在從事承繼中華傳統，開展中國文化的事業。他曾將新儒學運動比擬為歐洲的文藝復興，蓋兩者皆在返本開新，從古典中汲取文化創新之靈源。先生對中國文化有溫情的敬意，但他不是一味做中國文化的辯護士。他相信中國文化對當代人類有其價值，並對未來世界新社會之建立可以有重要的貢獻，可是他也毫不諱言地指出，新儒學乃至整個中國傳統有其不足與制限，必須不斷自我充實與更新，始能繼續在今天和未來的世界擔當積極的角色。我們深深感到，狄培理先生的情志所鍾與新亞書院不謀而合。1979年夏在南港中央研究院舉辦的國際漢學會議中，我當面提出新亞請他擔任第四屆「錢賓四先生學術文化講座」講者的邀請時，他稍作思考，便欣然應諾，並即與我商討講座的時間等問題。去年6月在美國緬因州一次學術會議中，有緣再次與先生聚首。一俟會議結束，他便邀我在庭園中討論今春講座之事，他表示將以「人之更新與新儒學的自由精神」（Human Renewal and the Liberal Spirit in Neo-Confucianism）

為講座之主題，其四個子題則是：一，人之更新與道之重獲（Human Renewal and the Repossession of the Way）；二，新儒家教育的自由精神（The Liberal Spirit in Neo-Confucian Education）；三，新儒家之個體主義與人道主義（Neo-Confucian Individualism and the Humanitarianism）；四，明代新儒學與黃宗羲的自由思想（Ming Neo-Confucianism and the Liberal Thought of Huang Tsung-hsi）。此一系列的講題，自是先生深思熟慮後的精品，且十分切合時代之需要，其受聽者之歡迎殆可預料。先生予人之印象，溫文莊敬，恂恂如也，的然儒者之風範。在緬因州這次聚會中，更有幸得識狄培理夫人芬妮·白麗德（Fanny Brett）女士。女士與先生結縭四十載，甘苦與共，夫唱婦隨，先生學問事業之成功，女士之功不可沒也！

狄培理先生今春來新亞講學，自別有一番親切，蓋新亞乃先生舊遊之地。他與錢賓四、唐君毅等先生早年相識，與新亞師生在精神上早多契合。先生之中國名字「培理」即為賓四先生所取，此次又為「錢賓四先生學術文化講座」之講者，可謂有緣矣！在此，我們鄭重地歡迎狄培理這位傑出的學人，這位新亞的遠方友人，並祝他們賢伉儷此行愉快。

1982年2月

為香港帶來春意的美學老人

迎朱光潛先生來新亞講學

一

新亞書院在成立之始，即有公開學術講座的制度，學術為天下公器之精神一直為新亞人所珍貴。1977年，我們募得一筆基金，創辦了「錢賓四先生學術文化講座」，使講座有了永久性的基礎。

新亞同仁相信學術沒有國界和大學的世界精神，同時，我們更相信中國文化之發展，必須通過學術研究、中西文化之交流。以此，「錢賓四先生學術文化講座」所邀請的講者就不局限於一地一國，且有意識地使它成為國際性的學術活動。第一講邀請錢賓四先生親自主講後，我們依次邀得了英國劍橋大學的李約瑟博士，日本京都大學的小川環樹教授和美國哥倫比亞大學的狄培理教授主持講演。這幾位都是當今國際上對中國文化之研究有卓越貢獻的學人，他們的講堂風采固然在聽眾的心目中留下深刻難忘的印象，他們的講詞，通過專書的出版更是流傳久遠，影響不磨。今年，我們的眼光，又從西方返回東方，我們邀請了北京大學的朱光潛教授作為1983年的「錢賓四先生學術文化講座」的講者。

二

朱光潛先生，筆名孟實，是中國著名的美學家、文藝理論家。談中國的美學，是不可能不聯繫到孟實先生的。誠然，朱光潛三個字與中國的美學是不能分開的。從他學生時代《給青年的十二封信》(1931)這本書出版後，先生即在廣大的青年讀者心中建立起一個親切而可敬的形象。先生的第一部美學著作——《文藝心理學》(寫成於1931，1936問世)是蔡元培先生提倡「美育代宗教説」以來，第一部講得「頭頭是道，醰醰有味的談美的書」(朱自清語)。接著，他發表了《談美》(1932)，《孟實文鈔》(1936)、《談修養》(1946)、《談文學》(1946)，並譯出他的美學思想的最初來源——克羅齊的《美學原理》。此外，他還出版了《變態心理學》(1933)、《變態心理學派別》(1930)和《詩論》(1931寫作，1943出版)。同時，在英哲羅素的影響下，還寫了一部《符號邏輯》(稿交商務印書館，不幸在日本侵略上海時遭炮火焚毀了)。1948年初則出版了《克羅齊哲學述評》。這些極有分量並且在中國美學園地上播種的著作，有許多都是光潛先生尚在英、法留學，德、意遊歷時期的產品。在英、法留學八年之中，他大部分的時間都花在大英博物館和大學的圖書館裏，一邊研究，一邊著述。從這些著作的質量，我們可以想像得到先生讀書之勇猛和寫作之勤快。

光潛先生於1925年，考取安徽官費留英，取道蘇聯，進入愛丁堡大學，選修英國文學、哲學、心理學、歐洲古代史與藝術史；親炙谷里爾生(H. J. C. Grierson)、侃普·史密斯(Kamp Smith)等著名學人。畢業後，轉入倫敦大學的大學學院，並在海峽對面的巴黎大學註冊，偶爾過海聽課，巴黎大學的文學院院長德拉克羅瓦教授講「藝術心理學」，觸發了他寫《文藝心理學》的念頭，而在愛丁堡大學時，因寫〈悲劇的喜感〉一文獲心理學導師竺來佛(James Drever)博士之青睞，使他起念寫《悲劇心理學》。後來，他離開英國，轉到萊茵河畔，詩哲歌德的母校斯特拉斯堡大學，完成了極具原創性的《悲劇心理學》(*The Psychology of Tragedy*)的論文，嗣後並由該校大學出版社出版。去年5月，先生來函告訴我，這本原由英文寫作的論文不久將有中譯本(張隆溪譯)問世了。

三

光潛先生的求學和學術事業是很曲折、很不平凡的，他於1897年出生在安徽桐城的鄉下，從六歲到十四歲，受的是私塾教育，到十五歲才入「洋學堂」(高小)，在高小只待了半年，便升入桐城派古文家吳汝綸創辦的桐城中學，這使他對古文發生很大的興趣。1916年中學畢業，當了半年的小學教員，雖然心慕北京大學之「國故」，但因家貧出不起路費和學費，只好進了不收費的武昌高等師範的中文系，由於師資不濟，一無所獲，幸而讀了一年後，就通過了北洋軍閥教育部的考試，被選送到香港大學讀教育學。當時一共有二十名學生，他是其中之一。這二十個學生，儘管來自不同省籍，但在學校裏則一律被稱為「北京學生」，他在一篇回憶的文中說，「北京學生」都有「十足的師範生的寒酸氣」，在當時洋氣十足的港大要算「一景」。他與朱跌蒼和高覺敷還贏得 Three Wise Men 的諢號。先生對當時的幾位老師，一直有很深的眷念，如老校長愛理阿特爵士，工科的勃朗先生，教哲學的奧穆先生。他對教英國文學的辛博森教授，尤為心折，以後並進入辛博森的母校——愛丁堡大學。

到港大後不久，國內就發生了五四運動。洋學堂和五四運動雖然漠不相關，但先生早就酷愛梁任公的《飲冰室文集》，在香港又接觸到《新青年》，故而新文化運動和白話文運動對先生都有深刻的影響，他的處女作《無言之美》就是用白話文寫的。港大畢業後，先生曾先後在上海吳淞中學、浙江上虞白馬湖的春暉中學教書。在春暉，他結識了匡互生、朱自清和豐子愷幾位好友。後來，他們都到了上海，再交上了葉聖陶、胡愈之、周予同、劉大白、夏衍，由於志同道合，成立了一個立達學會，在江灣籌辦了一所立達學園，並由先生執筆發表一個宣言，提出了教育獨立自由的主張。同時，他們又籌辦了開明書店和一種刊物（先叫《一般》，後改名《中學生》）。「開明」就是「啟蒙」，先生一生從事學術工作，但他並不喜歡「高頭講章」，始終不忘記教育下一代青年的責任，因此，總愛以親切平白的文字，與讀者對話晤面，在八十高齡之年，他還寫了《談美書簡》這樣深入淺出的文章。他在青年的心中，始終是一位循循善誘的好老師，儘管他對美學有淵淵其深的修養，但他一直以散播美學的種子，豐富人生的藝術化為教育的目標。

先生學成返國後，應胡適之、朱自清和徐悲鴻的邀請，先後在北京大學、清華大學研究班和中央藝術學院教書，那時文壇上正逢「京派」和「海派」的對壘，由於先生是胡適請去北大的，也就成了「京派」人物。後來，他與楊振聲、沈從文、周作人、俞平伯、朱自清等，主編了商務出版的《文學雜誌》，這個雜誌的發刊詞就出於先生的手筆，他呼籲在誕生中的中國新文化要走的路應該廣闊些，豐富多彩些，不應過早地狹窄化到只准走一條路；這是他文藝獨立自由的一貫見解，也即他一早就主張百家爭鳴，就反對搞「一言堂」。事實上，他身體力行，《文學雜誌》刊出的文章就並不限於「京派」人物的，像聞一多、馮至、李廣田、何其芳、卞之琳等人的文章就一樣出現在這份風行一時的刊物上。

四

在過去三十年中，先生的學術生涯是崎嶇險峻的，學術文化界不斷受到左和右的干擾；特別是文化大革命「四人幫」對文藝界施行法西斯專政達十年之久，文化學術到處設置禁區，出現強烈的反智主義的傾向，造成了萬馬齊喑的局面。無疑地，這一段漫長的時間對所有具有學術尊嚴與良心的讀書人都是一嚴厲的衝擊與考驗，光潛先生由於在美學上的領導地位，也因此成了「反動學術權威」，成為批判對象之一。從1958到1962年，大陸美學界進行了全國性的大辯論，先生的學術觀點受到嚴厲的批判，他對待這次批判的態度則是認真而不含糊的。他不亢不卑，「有來必往，無批不辯」，充分顯示了一個偉大學人的風範。在整個過程中，先生的心靈是開放的，他就事論事，就理言理，寧定而泰然；他不憚於修正自己的觀點，但同時也敢於堅持自己認為正確的東西。為了對美學有全面的體驗，他且決心研究馬列的美學思想，但當時一位論敵公開宣布：「朱某某不配學馬列主義！」這樣就更激發了先生致力馬列的鑽研，凡是譯文讀不懂的必對照德文、俄文、法文和英文的原文，並且對譯文錯誤或欠妥處都做了筆記，提出校改意見。我們應知道，那時，先生已近六十歲了，他對法、德、英各國文字原是極有修養的，但俄文則必須從頭學起，他的俄文是完全自學的，他一面聽廣播，一面抓住契訶夫的《櫻桃園》、屠格涅夫的《父與子》和高爾基的《母親》這些書硬啃，一遍一遍地讀，有些章節到了可以背誦的程度，就以這樣驚人的毅力學會了俄文，使他掌握了所有研究馬列需要的重要語言。先生所寫的探討馬克思主義基本原理的論文，以及他對馬克思的《費爾巴哈論綱》和《1844年經濟學哲學手稿》中關鍵章節的詳透注釋和評估，足可以使那些死抱馬列教條而無真解的論敵汗慚無地。至於1963年先生撰寫的二卷本《西方美學史》，則是他回國後二十年中一部下過大功夫的煌煌巨製；論者認為這部著作「代表了迄今為止中國對西方美學的研究水平」，應非過譽！但文革爆發之後，這部著作被打入冷宮，而先生也關進了「牛棚」，被迫放棄了教學和研究工作。在「牛棚」時，先生說：「我天天疲於掃廁所、聽訓、受批鬥、寫檢討和外訪資料，弄得腦筋麻木到白痴狀態。」像朱光潛先生這樣正直、清純、溫厚的老學人都受到這樣的糟蹋，文革對中國文化學術的摧殘之大之深，可以思過半矣。

五

光潛先生半個多世紀以來，一直堅守在美學崗位上。儘管他在美學界贏得崇高的地位，但他從來沒有自立門戶，也不企圖成一家言，他所堅持的只是博學守約和科學謹嚴的態度，並且要把中國的美學接合上世界美學的潮流。他相信美學作為一個專門學問，必須放在一個廣博的文化基礎上；他說：「研究美學的人如果不學一點文學、藝術、心理學、歷史和哲學，那會是一個更大的欠缺。」在長年的美學論戰中，他發現有些美學「專家」，玩概念、套公式，而硜硜拘守於幾個僵化的教條，他相信這種廉價式的美學觀，主要是由於這些專家缺少美學必要的知識基礎。先生認為思想僵化的病根是「坐井觀天」、「畫地為牢」和「固步自封」。他常把朱晦翁的一首詩作為座右銘：「半畝方塘一鑒開，天光雲影共徘徊。問渠那得清如許，為有源頭活水來。」而光潛先生的源頭活水則是東西方的學術傳統。他認為西方的經典著作雖然有其局限性，但不可盲目排斥，必須一分為二，作批判性的接受與繼承，所以他自二十世紀五十年代以來，孜孜不倦，翻譯了《柏拉圖文藝對話集》、萊辛的《拉奧孔》、歌德的《談話錄》以及三大卷的黑格爾的《美學》，他於八十高齡之後，還以兩年的時間譯了維柯（Vico）四十萬言的《新科學》（*La Scienza Nuova*）。這些偉大的經典著作，都是光潛先生的源頭活水，所以他的生機不絕，精神常新。我們知道，只有通過對傳統經典的掌握，中國美學才能站在巨人的肩上，有更高更遠的視界和發展！

講到中國美學的發展，先生一直就主張思想的自由與解放，由於文革的法西斯主義的毒害，學風敗壞，邪氣滋長，陷阱處處，寸步難行，溫文敦厚的光潛先生也發怒了，他挺身發出「衝破禁區」的討檄令。他要衝破「人性論」的禁區、「人道主義」的禁區、「人情味」的禁區、「共同美感」的禁區，特別是「四人幫」「三突出」謬論對於人物性格所設的禁區。他說：「衝破他們所設置的禁區，解放思想，按照文藝規律來繁榮文藝創作，現在正是時候了！」光潛先生所發的怒不是個人的，而是為中國學術文化的前途而發的！但丁的「地獄」門楣上有兩句詩告誡探科學之門的人說：「這裏必須根絕一切猶豫，這裏任何怯懦都無濟於事。」在探索真理的道路上，先生沒有猶豫，沒有怯懦。

六

朱光潛先生今年已經是八十六歲的高齡了，但他在學術的前線上還沒有退下來。事實上，在他，學術只有開始，沒有結束。他說：「我一直在學美學，一直在開始的階段。」這不只顯示了他對學問的熾熱，也顯示了他生機的豐盛。六十歲開始學俄文，八十歲之後譯《新科學》，這是何等精神！真的，光潛先生無時無刻不在學術園地裏耕耘。最近出版的《美學拾穗集》，收刊的都是他八十歲以後的文字。他把此書取名「拾穗集」，把自己比擬為米勒名畫中三位拾穗的鄉下婦人。只有真正體認到學問之莊嚴與無止境，才會有這樣虛懷若谷的襟懷！去年10月19日，北京大學在未名湖畔的臨湖軒為先生從事教育六十週年舉行了一個隆重的慶祝會，席上他說：「只要我還在世一日，就要做一天事，春蠶到死絲方盡，但願我吐的絲湊上旁人吐的絲，能替人間增加哪怕一絲絲的溫暖，使春意更濃也好。」

光潛先生對美學的貢獻，不只為國人所共認，在國際上，杜博妮（Bonnie S. McDougall）博士在瑞典諾貝爾基金會資助的討論集中發表的〈朱光潛從傾斜的塔上望十九世紀三十年代的美學和社會〉，英國格拉斯哥大學的拉菲爾（D. D. Raphael）寫的〈悲劇是非兩面談〉和意大利漢學院的沙巴提尼（M. Sabattini）教授寫的〈朱光潛在文藝心理學中的克羅齊主義〉，都對他的美學成就予以高度評價與讚譽。令人感到最安慰和高興的是上海文藝出版社已陸續開始出版五大卷的《朱光潛美學文集》。除了數以百萬言的譯作之外，先生的美學著作和與美學直接有關的文學、心理學和哲學著作都忠實地收進去了！這個文集反映了先生美學思想的發展行跡，也顯示了這位不厭不倦的學人卓越的成就！

七

今年3月中旬光潛先生將來香港中文大學新亞書院講學。香港是先生舊時讀書之地，這裏有他美麗的回憶，對這個闊別了六十一年的城市，先生必然另有一番滋味，而3月初春的香港一定會因光潛先生之來而春意更濃，歡迎先生的又何止新亞書院的師生呢！

1983年2月2日

創建香港中文大學的巨手

敬悼香港中文大學創校校長李卓敏先生

今天，我們在這裏悼念的，是一位終生致力於學術文化的教育家，也是我們有無限追思的本校創校校長李卓敏先生。

一

李卓敏先生祖籍廣東番禺，1912年2月17日生於廣州。父親鏡池先生為工業家，有聲於鄉里。先生有兄弟姊妹十人：卓皓、卓犖、卓顯、卓立、卓妶、卓寰、卓韶、卓球、卓美、卓寶。在科學界、醫學界、教育界皆聲光煥發，卓然有成，可謂一門俊傑。先生少時就讀於廣州培英中學，及長，肄業於南京金陵大學。嗣後赴美深造，先後獲美國柏克萊加州大學文學學士（1932）、文學碩士（1933）及哲學博士（1936）學位。學成返國，正值抗日戰興，先生講學於天津南開大學、國立西南聯合大學、國立中央大學，為當時最年輕優秀教授之一，其言論風采，遠播於黌宮之外。其間並以考察聯絡專員身分，分赴美國、加拿大及英國考察經濟建設，並在多所大學講析中國經濟、文教等問題。大戰結束後，先生先後應邀出任善後救濟總署副署長、駐聯合國亞洲暨遠東經濟委員會常任代表，以及行政院善後物資保管委員會主席。1951年，先生重新回到他心愛的教育專業，接受母校柏克萊加州大學之聘，出任工商管理學教授，兼任國際商業系系主任，並擔任中國研究所所長。在此時期，先生在教學研究上，表現出色，他所著《共產中國之經濟發展》及《共產中國之統計制度》二書，是中國研究領域中具開創性的表表之作，而柏克萊之中國研究所在先生領導下，成績斐然，聲譽鵲起，隱然為北美中國研究的重鎮。

二

1962年，先生應香港政府邀請，出任第一次組成之富爾敦委員會委員。基於該委員會的建議，香港決定成立第二所大學。毋庸置疑，這是香港高等教育史上劃時代的大事，而這項劃時代工作的重任，則落在卓敏先生肩上。先生當時在柏克萊工作愉快，且正埋首多項研究計劃，對於擔任新大學首任校長的敦聘，初時堅決拒絕了，最後感於多方面的誠意，更出於培育中國學子之一念，毅然決定接受這項挑戰，而加州大學在倫敦與華盛頓政府的力促之下，史無前例地同意給先生為期十年的特假。1963年，先生於焉成為香港中文大學的創校校長，也是香港有史以來第一位擔任大學校長之職的華裔學者。創校之初，擘劃經營，困苦艱辛，可以想見，惟先生之性格，挑戰性越大，則意志越堅，決心越強。由於創辦中大之挑戰性，先生更感此工作意義之不凡。假期屆滿後，一延再延，足足主持了中大十五年之久。先生說：「我留下來主要是為了接受挑戰，在二十世紀後期建立一所新大學實在是很大挑戰。」誠然，先生成功地回應了這項挑戰，十五年中，馬料水的一座荒山變成了一座名播遐邇的壯麗山城，而中文大學亦成為享譽國際高等教育界的大學。實際上，先生不止建立了中文大學，也改變了整個香港高等教育的景觀。

三

李卓敏先生出長中大之時，他心中已孕育著一個理想，就是把中大建立為一所現代的中國人的國際性大學。先生身受中國與西方兩大教育傳統的薰陶，充分掌握西方大學，特別是英美大學的優點，但他不滿意亞洲一般大學盲目跟隨西方的大學模式。他要創立的，不只是一種東西方大學的新綜合，而且更著眼於香港的特殊需要。他尊重且理解構成中文大學三所書院的多元特色：新亞有儒家教育的理念，崇基有西方基督教的教育精神，而聯合則有香港取向的教育實踐性格。先生主持中大期間，無時不在努力將這些不同的教育理想作新的綜合。卓敏先生在他的就職典禮上，是以鏗鏘有聲的中文演說的，但他強調的，是大學的世界精神。先生曾不止一次表示：「香港中文大學不會是一所英國的大學，也不是一所中國的大學，或是一所美國的大學。它要成為一所國際大學。」加拿大西安大略大學校長威廉姆士稱先生為：「一位國際主義者，他個人就代表了東方與西方的結合。」事實上，先生認為中大不只應該是東方與西方之間的一座拱橋，還應該是傳統與現代之間的一座拱橋。基於這樣的教育理念，先生自始即強調研究與教學不可偏離，並主張中英雙語並重的教學原則。先生常常說，中文大學這名稱是有特別意義的，他認為中文大學的使命不只在繼承中國的文化傳統，更在發揚中國文化。1974年，柏克萊加州大學頒授海斯國際榮譽獎給他時的讚語說：「中文大學在他領導下，成為與眾不同之研究現代中國問題之中心，因而使中國文化更為廣泛發揚。」這確是他當之無愧的。

四

李卓敏先生不只是一位有偉大理想的人，他更是一位有能力把理想轉變為事實和行動的人。我們讀他所寫的《開辦的六年：1963–1969》、《漸具規模的中文大學：1970–1974》及《新紀元的開始：1975–1978》，就知道他如何把心中的大學的理念，通過具體的計劃，一一付諸實現。在中大初成立的十五年中，中大由誕生而茁長的過程，是滿布荊棘的，但先生天性樂觀，凡事積極進取，並充滿信心。1967年的動亂，幾乎使不足四年的稚齡大學夭折。當時，先生認為在這樣的危疑時刻，政府與社會正應全力支持中大，以向世界表達對香港前景的信念。事後證明先生的見解是正確的。卓敏先生一生多彩多姿，創辦中大更使他的才能發揮得淋漓盡致。他有魄力，更有堅定不移的毅力與不畏艱難的意志力。先生說：「除非不做，要做一定要做到底，做到好。」他不允許任何事物阻礙他實現目標，他不是沒有挫折，更不是沒有不如意事，但他不會讓自己在壓力下動搖信念。他在公餘時以橋牌與網球遣興散心，更常借書法來澄定心情，我們看到中大大門口「香港中文大學」六個大字，是如何的剛健與寧定！此外，讀字典、編纂字典，固然是先生的興趣，而這也正是他一種紓解壓力、平衡心理的方法。一部極富創意的形聲部首國音粵音《李氏中文字典》，泰半是在這種心情中編纂完成的。先生這樣的能耐，不能不説是能人之所不能，也使我們更欣賞到先生多方面的才華。在中大十五年校長任內，先生最令人激賞的本領，不是他移動山頭，建立大學城的魄力，而是他的説服力。他使別人接受他的想法，認同他的理念，響應他創立一所中國人感到驕傲的大學。這也是為什麼他獲公認為募款的能人。這也是為什麼中大在香港各界有那麼多支持者。

五

李卓敏先生心目中的中文大學，固然不是一所傳統性的中國大學，而他也不是一位傳統尺度足以衡量的校長。他綜合了學者、企業家與總經理三種身分於一身。先生的心是中國的，他的視野是世界的。他的識見，他的能力，他的成就獲公認為一位世界級的大學校長，使他獲得各國大學及國際機構頒贈殊榮，包括香港大學榮譽法學博士（1967）、美國密西根大學榮譽法學博士（1967）、美國匹茲堡大學榮譽社會科學博士（1969）、美國瑪規大學榮譽法學博士（1969）、加拿大西安大略大學榮譽法學博士（1970）。1977年美國「馬克吐溫國際協會」推選他為榮譽會員，1980年美國加州大學繼頒予他海斯國際榮譽獎後，又頒授「柯克樂榮譽獎」。此外，他又是英國倫敦皇家經濟學會與皇家藝術學會之終身院士。他於1967年獲英女皇頒授C.B.E.（榮譽）勛銜，1973年再度獲頒K.B.E.（榮譽）勛銜。本校為感念先生的勛勞，除於1978年頒授他榮譽法學博士學位外，又將醫學大樓命名為「李卓敏基本醫學大樓」。這眾多的殊榮，都是實至名歸；而他感到最大滿足的，則是他培育學子的成果。先生曾說：「當我親眼看見第一位畢業生站在監督前正式領受學位時，我如何深受感動。」1978年9月先生自中大榮休時，中大學生會會長黃志新以「春風化雨」在惜別會上向老校長話別，黃志新親切地稱他為中大的「園丁」。是的，李卓敏先生是中大的偉大園丁。他灌溉、播種、耕耘的，是一所百年樹人的國際學府。中大在他後繼者的努力下，踵事增華，不斷成長，不斷發展。今天，我們環顧校園，在此讀書的莘莘學子，不只是香港的青年，還有來自幾十個國家的青年，三百三十英畝的山頭已散落有致地布滿了一百多座建築，鬱鬱葱葱，彌漫著一片自由活潑的人文氣象，與雄奇的馬鞍山、幽美的吐露港，構成一幅美麗的圖畫。

六

先生退休後，重返柏克萊，讀書著述之餘，得以享受家庭之樂。子重華、淳華，女藹華，皆學有所成，各有專業。孫宇寧最得先生喜愛。1978年，中國改革開放後，先生曾應邀數度返中國講學，促進管理學之發展，奔波辛勞，不以為苦。近年健康轉弱，疾病侵身，多在家居息養。

七

今年(1991) 4月21日，卓敏先生在柏克萊與世長辭，享年七十九歲。噩耗傳來，師生同感哀痛。今天我們在這裏舉行這個追悼會，藉以表達對這位偉大園丁的敬仰與懷念。李夫人盧志文女士與長子重華先生千里歸來含哀參加，我們在此致以最深的慰問。李夫人相夫教子，賢淑有德，她與卓敏先生一起看到中大由誕生到茁長，壯大，她也是卓敏先生把理想轉為事實的最大支持者。我們相信李夫人會同意，香港中文大學是李卓敏先生最好，也是永恒的紀念。李卓敏先生的精神將與中文大學常相左右，永留人間。

1991年

一位有古君子風範的現代學者

悼念馬臨校長

馬教授夫人、家人，中大同事、校友、同學，各位朋友：

我今天懷著沉重、不捨的心情向一位中大工作上的老校長、老戰友、老同事、老朋友告別。

我與馬臨教授相識近五十年，他是我十分敬重的一位長者。馬教授出身於浙江的書香門第，父親馬鑑是出色的學者，曾是燕京大學中文系教授兼系主任，有好學、仁厚的美德。馬校長就是在這樣家學薰陶下成長的，十二歲時離京來港，先後就讀英皇書院及嶺英中學，日軍侵華時舉家回國，入讀四川成都華西協合大學化學系。1952年，他前往英國里茲大學修讀化學博士學位，畢業後於里茲詹姆斯醫院和倫敦大學醫學院教學醫院從事博士後研究。1957年，馬教授受聘到香港大學病理學系執教。1964年，即香港中文大學成立後一年，他因科研上的出色成績受聘到中文大學出任化學系教職，也自此與中大結下半生之緣。

馬教授半生心力貢獻給香港中文大學。他為中大創立了生物化學系，成為首位講座教授兼系主任，之後，因科研出眾，行政才能出眾，受到同事推崇，被選為理學院院長。1978年，創校校長李卓敏博士退休，馬教授獲中大校長甄選會推薦為繼李校長之後的第二任中文大學校長。馬教授深受李卓敏博士的器重，雄才大略的李校長對馬教授寄予無比信任與期望。馬教授強烈認同李校長創校理念，他擔任校長後，專心一志推動、實踐中大創校目標，可謂夙夜匪懈，矢勤矢忠，他曾說：「要把中大辦成一所真正現代化的，有國際水平與聲望的大學。同時，又必須是一所深深植根於中國文化的大學。」這是馬校長不負李卓敏博士的期託，也是他對中大的莊嚴許諾。

就我回憶所及，在馬校長任內，他積極興辦醫學院，強化雙語雙文化政策，推行暫取新生計劃，設立哲學博士學位，改革提升本科課程，勠力推行通識教育。這些舉措艱巨困難，都是學術與教育上的大工程。馬校長行事低調，卻成就斐然。回想起來，中大在開創、初展之期，有幸得有像馬教授這樣的一位勤慎負責的校長，在繼李卓敏創校校長之後，全心全意為中大堅苦打拚，奠定鞏固了中大成為一間一流的國際性的中國人的大學的基礎。

馬教授與中大的逸夫書院淵源最深，在他校長任內，因邵逸夫先生的巨資捐贈，他在新亞、崇基、聯合三間大學的成員書院外，大力為逸夫書院催生並落實動工。馬教授在1987年從校長崗位上榮休後，以獨立自由的學者身分擔任逸夫書院的校董會主席及校董會高級顧問，超過二十年。所以馬教授與中大結緣，為中大傾心打拚實近半個世紀之久。事實上，逸夫書院是新亞、崇基、聯合三間書院共同組成中文大學之後出現的第一間書院，也在中文大學在學院制（faculty）外，開啟了一個多元的書院制（college）的新格局（今天中大已有了九間書院了）。在馬教授擔任逸夫書院董事會主席期間，他亦是2002年成立的「邵逸夫獎」的始創成員之一。今日這個旨在推動全球學術科研的獎項，已為世界科學界所肯定，且被稱為「東方諾貝爾獎」了，一年一度的頒獎典禮亦成為國際學術上的盛事。

我們回顧馬教授的一生事業與功績，最後都落到馬臨先生這個人的身上。他處事一絲不苟，兢兢業業，謹小慎微；他與人交往則和睦謙恭，禮數有加，在他身上展現的是一個古君子的風範。今天馬臨教授雖然已駕鶴西去，但我要請馬夫人、家人和他的朋友不要悲傷，馬教授九十三歲的人生是應無遺憾的，他的風範必定長留在中大人、他的朋友、朋友的朋友的心中。

2017年

一位卓越的人民人類學 / 社會學家

追思費孝通先生

今天我們在這裏追思的是一位卓越的中國人類學家、社會學家：費孝通先生。

一

費孝通先生一生做了許多事、許多工作，有多種身分，扮演過多種角色，但從第一義和最終義上講，費先生是一位學者，是以人類學、社會學為志業的學者。二十世紀五十年代之前，費先生是中國人類學 / 社會學奠基與開拓者之一，二十世紀八十年代後，費先生為中國社會學 / 人類學的重建盡心盡力，作了最大的貢獻，直至他離開人世之日。

費孝通先生一生獻身學術，他與他同輩的傑出知識分子一樣，都懷抱學術興邦、知識富民的想法，他走上人類學 / 社會學之路，正是因興邦富民的心念所驅動，但這條路並不好走。1957 年因政治的原因，竟至道斷路絕，冷寂枯滯了整整二十三年，1980 年後，費先生已屆七十古稀之齡，仍以一顆炙熱之心，為重建中國社會學重新上路，行行重行行，無悔無愆。他生命最後的二十年，不只奪回失去的二十年，而且愈加發光發熱。中國人類學／社會學固然重展新貌，他個人更是寫作不停，寫出一篇又一篇與時代相呼吸的大文章，從人類學／社會學的知識視野，為中國的社會發展，為中國的現代化，為全球化時代中國文化的自主自立提供了理性與方向性的思路。這是與他早年學術興邦、知識富民的心念一以貫之，終始如一的。費先生九十大壽時，他的親友為他出版的五百五十萬字的《費孝通文集》，見證了這位卓越人類學／社會學家一生的心路歷程。

二

費孝通先生自稱一生中有兩次學術生命，他把第一次學術生命從1936年江村調查算起，那也是他負笈英倫師從著名人類學者馬林洛斯基（B. Malinowski）的一年。之後，他用太湖東南岸開弦弓村調查資料撰寫了《江村經濟》一書。這本書費先生說是他無心插下的楊柳，馬林洛斯基在書的序言中則讚美它是社會人類學裏的里程碑。事實上，此書是人類學離開了對所謂未開化狀態的研究，轉為對先進文化的研究，也即人類學從研究野蠻人文化到研究人類文明的一個「學術轉向」，此所以受到馬林洛斯基這樣的推譽。而這一個學術轉向，也使費先生一生集中於中國農村、中國城市、中國文化的研究，陸續出版了《雲南三村》、《鄉土中國》、《生育制度》等書，這些著作或是高台講章，或是散文式的短篇，無不在學術文化界產生深遠影響，可說具有現代經典的地位。費先生對中國的社會結構特性的剖析，如「差序格局」之概念，精到深刻，不只為中國人類學 / 社會學做了奠基開拓的工作，而且也豐富了世界人類學 / 社會學的內涵。所以費先生停筆沉寂二十年之後，在1980年重新上路之時，國際應用人類學會就頒授給他馬林洛斯基獎。英國及愛爾蘭皇家人類學會也頒給他赫胥黎紀念獎，這都是國際學術界對費先生在人類學 / 社會學上所作貢獻的承認與推崇。

費孝通先生第二次學術生命，是在中國改革開放的新遇會中開始的。當時，他已是七十古稀之年，但他不言老，不言倦，精神抖擻。一方面為社會學的重建，勞心勞力，從學科的設計、教學人才的培育到研究課題的開拓，積極推動，不遺餘力；另一方面則展開個人第二次長達二十年的學術之旅。這一次學術之旅，他更扣緊時代的脈搏，更貼近中國社會經濟的變化。事實上，費先生這次學術之旅是與中國1978年發端的現代化同時出發的。也因此，他不只在考察研究現代化的事象中構築自己的學術思想，也以他的人類學 / 社會學的修養與想像力提供促進現代化，特別是社會經濟發展的思維與策略。《小城鎮大問題》便是一例。費先生第二次學術之旅，行行重行行，從研究農村進入小城鎮，從小城鎮進入中小城市。二十世紀末的幾年，他還在京九鐵路上「穿糖葫蘆」，訪問京九線上一連串中等城市，希望加大這些城市的發展力度，振興周邊地區經濟，從而使整個中部地區騰飛起來。費先生不辭辛勞的學術之旅，講到底，用他自己的話說是：「為祖國的建設出主意、想辦法，貢獻自己的力量。這是我的心願，也是我一生的追求」。其實，這正是費先生對自己在二十世紀八十年代創導的「人民社會學 / 人類學」的實踐。費先生認為人民人類學 / 社會學「是為人民尋找道路」的人類學 / 社會學。

費孝通先生學術生命最後的十年中，他關懷最切，所思最多的是全球化問題。全球化使人文世界進入到一個史無前例的大接觸、大交融的時代。這就帶出國族文化如何自主存在，以及不同文化的人如何在這個經濟文化上越來越相關的世界上和平相處的問題。費先生認為這是中國面臨的新時代的問題。他提出了「文化自覺」的重要思維，他說這是「表達當前思想界對經濟全球化的一種反應」，這也是「當今時代的要求」。費先生的「文化自覺」，一方面，是為了文化自主，「取得一個文化自主權」，「能確定自己的文化方向」；而另一方面，不同文化的人則要有「各美其美，美人之美，美美與共，天下大同」的心態，他心目中一個理想的全球秩序是「多元一體格局」。「多元一體格局」是他對中國文明史進程中發展出來的民族關係現實和理想的一個綜括概念。他說「全球化過程中的文化自覺」，指的就是世界範圍內文化關係的多元一體格局的建立，指的就是在全球範圍內實行和確立「和而不同的文化關係」。

三

費孝通先生今年4月已離開人世，我們對他有無比的追思。費先生為中國人類學／社會學的建立與發展，獻出了他的一生。他的學術工作不只豐富了世界人類學／社會學的遺產，更為中國的現代化與中國人民的福祉作出了巨大的貢獻。費孝通先生，在終極的意義上，是一位抱持學術興邦、知識富民的信念的卓越的「人民人類學／社會學家」。中國人類學／社會學何幸而有費先生，中國人民何幸而有費先生。費先生走了，我們會感念他，中國人民會感念他。

2005年10月20日

中國的「現代之士」

悼念黃石華先生

2016年2月8日（猴年初一）清晨，我像往年一樣，用電話向黃石華長者拜年。鈴聲不斷，無人接聽，心中有些訝異不安，因想到黃老重聽，故即寫了一紙賀語，傳真過去，但依然未有黃老回訊，這是數年來從未有過之事，黃老是一位十分講究禮數的人。初二我再打電話，仍不見接聽，我就致電郭益耀教授，益耀兄沉重地說，黃老已仙逝了。這是我與內子元禎很擔憂的事，竟成事實。黃老未別而去，能不痛惜？能不痛懷？誠然，黃石華先生百歲高壽，福德雙修，駕鶴仙去，應可無憾。我與黃老最後一次見面是去年11月11日，當日，益耀兄夫婦、鄭赤琰兄與我陪黃老到新亞書院看新亞創辦人之一的張丕介教授新鑄半身銅像。黃老少壯時曾受業於張丕介教授，我看到黃老深情凝視銅像的表情，深感黃老是極重情義之人。的確，黃老對親人、對友朋，乃至對人間是充滿情義的。

我與黃石華在香港初次見面時，他已是年逾古稀之齡，他給我的第一印象是一位純厚樸實帶濃重鄉土氣的長者。之後，接觸多了，認識加深了，越來越覺得石華先生才華內斂，性格堅毅，有識見，有擔當，誠以待人，忠於任事。石華先生早年任教國內大學，戰亂來港後改行從商，但無論教學或經商，精神氣質上始終不脱傳統「士」的性格，對國事、天下事總是事事關心，獻替唯恐不力。他是中國的「現代之士」。黃老著文建言，在國內或海外，都是切中時需，有前瞻性，如早年在甘肅省洎惠渠督導土地改革實驗工作，草擬土地改革法規，扶持自耕農條例；在四川北碚地政實驗區及福建龍岩地政實驗區工作時，提出土地金融化，獎勵移民，利用外資發展經濟。二十世紀五十年代，在新、馬、泰經商之時，對馬來亞國家建議實行土地改革計劃，為華人推行耕者有其田政策，藉以安定華人社會。又如在1950年在台灣向「國民大會」提案建議設立高雄工業加工特區之構想，用以促進台灣經貿發展。從這些事例中，我們可看到石華先生有經世之心而且有現代眼光，有兼善天下的思維。當然，大家可看到他是受到偉大客家人孫中山先生思想的啟示的。誠然，石華先生一生都服膺中山先生，我從來知道，黃老的父親黃文是中山先生革命之信徒，惜英年早逝，但他忠烈的革命事跡對石華先生是有深刻影響的。

黃石華先生最為我所知，最為我欽佩的是他領導香港崇正總會的志業。黃石華先生自1968年起擔任了香港崇正總會二十二屆理事長，之後三十年，他歷任香港崇正總會永遠名譽會長、會長、理事長多職，在長達三十年的時間，石華先生始終是香港崇正總會的領航人，石華先生對崇正總會是有很大期待的。1971年9月29日崇正大廈落成開幕典禮，亦適逢香港崇正總會成立五十年的金禧之年，同時，亦是首次舉行世界客屬懇親代表大會，石華先生當時以理事長身分指出：

> 本會於1971年9月29日，在張光奎先生親自領導下，舉行五十週年金禧慶典，召開世界首次客屬懇親大會，曾被譽為海外華人團結新里程碑，亦為海外華人洲際聯誼之嚆矢，可以說，全球客家人有組織，以香港崇正總會開始，全球客家人有團結，亦以香港崇正總會始。

自1971年以來，黃石華先生便月以繼日，年以繼月地一步步推動世界各地客家崇正會組織的建立，到1990年終於見到全球客屬崇正聯合總會的誕生，客家族群七百多年來遷移海內外，在國內閩、贛、粵及海外各地落地生根，現在第一次出現了全球客屬的聯合組織，這實在是客家人七百年來的大事，意義非凡，無疑，作為全球客屬崇正聯合總會的主要推手與催生者的黃石華先生，他的這份功德是客家人永懷銘記的。

團結全球客家族群是黃老的一大心願，黃老另一個心願是研究與發揚客家文化。黃老曾指出，崇正總會的創始人賴際熙教授是以研究與發揚客家文化為創會職志的。其後，胡文虎先生更以巨資通過崇正總會發動港大羅香林教授從事客家源流的歷史研究，羅教授完成的名著《客家源流考》可以說為「客家學」奠定一個堅實基礎。黃老把客家文化看成理解「客家」族群的核心，他又從堅實的經驗基礎上看到承載客家文化的客家族群在今天全球化的世界局勢下，固然堅守自己的文化，但在世界各地都能與其他族群互信互重，和諧共存。他指出，羅芳伯在印尼，葉亞來在馬來半島，李光耀在新加坡，都創建了多元族群的和諧社會，我從與黃老數十年合力推動客家研究的政治學者鄭赤琰教授口中得知，黃老是想以孫中山先生代表客家人的大同思想來布道天下。誠然，黃老是希望通過客家族群的研究，「為世界族群融洽多添一份寶鑒」。我們知道在黃老的領導推動下，成立了「客家學會」，先後在香港、新加坡、台北連續舉辦了幾次「國際客家研討會」，與會的學者不只來自兩岸三地的大學，亦盡多來自歐美著名學府的精英，可謂老少咸集，猗歟盛哉，客家學甚至成為國內多間大學的研究重點，更且有成立「客家學系」者。當然，學術研究是千秋百代之事，但此正可以為千秋百代永存、自覺地發展的客家族群提供源頭活水，黃石華先生對客家族群的貢獻可謂深且遠矣！

黃石華先生走了，他留給了客家人珍貴的資產，他為人間社會增添了厚重的情義，我們對他有無窮的追思。

2016年

大學的世界精神

為「新亞書院龔雪因先生訪問學人計劃」之成立而寫

一

大學的起源，在中西歷史上，固然可以追溯至先秦與希臘。但今日我們所熟悉的大學，照雷熙道（H. Rashdall）的研究，是「一個無疑的中古的制度」。提起中古，吾人心目中或立刻會浮現一個「黑暗」的形象，實則中古在黑暗中大有光亮。中古的大學，勃隆那、薩里諾、巴黎、牛津、劍橋、海德堡等等，就是一盞盞千古不滅的學燈。中古大學最具永恒意義的便是它的世界精神，它的超國界的學術性格。一個意大利大學的教師，他可以雲遊四方，在歐洲任何一個角落之學府的餐台上受到學者的禮遇。主人與訪客說共同的語言（拉丁文），跪在同一的十字架前祈禱。他們談學論道有一共通的知識領域，彼此都熟知亞里士多德的修辭學、托勒密的天動說。在中古的學人不啻是歐洲大學聯邦的成員，那是一個沒有國界的大學的星群。

中古大學的世界精神，因拉丁文的消失與宗教的分裂而逐漸退卻。教條主義與門派思想當道，知識之內涵輒隨大學而有異，就哲學而論，即出現「黨派路線」，如英國國教派的牛津、離心派的愛丁堡，以及天主教派的維也納。學術失去了共同的標準，彼此非但難以溝通，抑且往往成為敵對的陣營，大學的世界精神蕩然無存。一直到了十七、十八世紀的科學革命之後，科學思想的客觀與普遍性格，一一戰勝了教條主義、門派恩怨，才逐漸恢復了歐洲學術的統一性，並且擴展到整個的文明社會。中古大學的超國家的世界精神也獲得新的意義與力量，大學始從一個各自為牢的枷鎖中突破出來，誠如劍橋艾雪培（E. Ashby）爵士說：「牛津的忠誠不再屬英國國教教會，甚至也不僅僅屬英國的學術體系，而是屬整個的從中國到秘魯的大學的星群。」歐洲的中古已為歷史之往跡，但中古大學的世界精神卻已成為今日大學最光輝的遺產。

二

中古大學的成長與茁壯，不只因為它們擁有學術中心的聲華，更由於當時政治的差異性並沒有阻礙學人的雲遊訪問。在人類歷史上，我們發現，不同的思潮的撞擊，常造成文化學術的燦爛景觀。中國的春秋戰國，歐洲的文藝復興，都是眾所熟知的例證，而思潮的形成與傳播，往往循著學人的跡印而移動。任何一個國家或民族的文化，不論如何豐贍璀麗，皆不可能是圓滿具足、無可增美的。事實上，學人的遠遊外訪，都常常豐富了他自己，也豐富了他邦的文化。伏爾泰1711年英國之遊，把牛頓與洛克的思想帶回法國；亞當·斯密1765年造訪法國，啟發了他的名著《國富論》的思想；詩人柯立芝把謝林與康德輸入英國；戴斯達（De Staël）夫人把歌德與薛勒引進法國；嚴復與蔡元培英、德之行，帶回了物競天擇的達爾文思想與德國現代大學的精神。諸如此類的學術文化的移植，史不絕書，不勝枚舉，而其意義之重大與深遠，實不待智者而後喻。

大學是社會的學術文化的要樞，而一間真正配稱大學的學府，則莫不把自己置身於世界大學的星群之中，它的大門也必向四海的姊妹大學的學人善意地敞開。東海、南海、西海、北海有學人，若大學的學人能彼此造訪，互相攻錯，交光互影，則一真正世界性的學人社會當能逐漸出現。此不但可以使整個大學的星群愈加光輝絢麗，而一種世界性的民胞物與的情懷也會生根發芽；大學之為大學，即在其擁有一種學術沒有疆界的世界精神。故每個大學的學人都可以像杜尼（J. Donne）一樣說：「吾涉身於人類之中。」

三

大學的世界精神的孕育與發揮，誠有多途，惟學人之相互訪問，則不只為中古大學之傳統，亦為極有意義與價值者。通過學人的互訪，就訪問學人本身言，固然得以在讀萬卷書之餘，行萬里路，廣闊眼界，亦可與各地學人，交流意見，切磋學問。歌德嘗謂：「認識你自己，將你自己比之於人。」通過面對面的接觸，思想與思想的交換，在在會引發新想法、新意境，而精神上的感通，心靈上的會遇，尤足興海內知己，天涯比鄰之感。此固然能加深世界精神，同時，學人對自己之民族文化，對自己原有之大學，經由反省與比較，尤能激起新的認識、喜愛與承擔。至於對一間款待外來學人之學府而言，「有朋自遠方來，不亦樂乎？」中國文化自來即有此四海一家之開放精神，而來訪的學人，與師生居息一堂，涵泳優遊，設能有一相當之時期，聚晤論學，無拘無束，則不只有知識與知識之摩盪，更有人與人間之相契相悅。任何大學，無論其如何偉大，皆無法羅致天下一流學人於一校。邀請世界各地學人之到訪，正所以增加大學之力量，可以不斷增添新激素、新觀念與新理想，從而，雖地居一處，而可以與世界相通相接。世界大學之為一星群，正是此意。

天下一家的真正境界尚渺遠難期，但大學之世界精神卻是一座無遠弗屆的橋梁，通過這座橋梁，學術得以彼此溝通，文化得以互相欣賞，學人與學人間更得以增進了解與互重。不能否認，今日我們所處的仍是一個分裂的世界，人間還有無數人為的關卡，最後的跨越，根本的根本，還在於人之整體性的尊嚴與價值的覺醒與肯定。人之位序的不定，世界一家的理念終難落實。在這裏，我想轉述一則我讀過的故事：

> 一位父親，頗不耐煩他孩子玩具的噪聲，為了要寧靜思考，他撕下手上書中的一張地圖，弄成無數紙片：「孩子，你慢慢把這些紙片拼成地圖的原樣，再玩你的玩具吧！」想不到，不一會兒，一幅完整的世界地圖已經放在眼前。父親驚訝地問：「孩子，你怎會知道世界地圖的原樣的？」「父親，我不知世界是怎麼個模樣，但這幅地圖的背面是一幅人像，我就是照人像來拼整的。當人回復到人的原樣，那麼，他背面的世界也就一定回復到世界的原樣了。對嗎？」

我們相信，學人的互相訪問，就是在凸顯人，一個個學人的整體性的尊嚴與價值，而此正是建立世界理性秩序的一條通路。

四

今年9月11日，我去拜會久欲登門致謝的龔雪因先生。龔先生是香港工商界一位聲譽卓著的前輩先生。近三年來，他一直默默地支持中文大學的新亞書院，我也只默默地感念他的好意。這次見面，使我有機會跟龔先生談談新亞書院的理想與發展。當他知悉我與同仁有一個訪問學人計劃的構想時，甚感興趣，並當即表示願意捐出港幣五十萬元作基金，以其孳息支持此一永久性之計劃。就憑龔雪因先生這種對學術文化的熱忱，對大學之世界精神的欣賞，我們的一個「空想」就變成即刻可行的事實了。龔先生說：「我雖非富有，但我還有一點能力對教育文化盡些心意，算不了什麼！」這是何等的謙沖！何等的襟懷！在龔先生身上我清楚地看到中國文化中的優美品質。

新亞書院的師生對龔雪因先生的慷慨支持，極為感奮，為了對龔先生的情懷表示尊敬，決定將訪問學人計劃定名為「新亞書院龔雪因先生訪問學人計劃」(簡稱「新亞龔氏學人計劃」)。無疑地，這個旨在推動學術之世界精神的「新亞龔氏學人計劃」將與年前設立、以發揚中國文化傳統為目的之「錢賓四先生學術文化講座」共垂久遠，與新亞同壽。

1980年9月20日

卓越之追求

蔡明裕先生為新亞設立百萬美元基金有感

一、大學在現代社會之角色

溫士頓·邱吉爾在1929年對布里斯托大學的學生說:「教育最重要的事是對知識的渴欲。教育非始於大學,也當然不應該終於大學。」邱吉爾的說法是沒有人會反對的,大學只是形式教育中的一個過程、一個階段;一個對知識有渴欲的人,自幼到老,都在教育之中,邱翁本人就是一個鮮明的例子。不過,在現代社會,大學的重要性已越來越顯著。二百七十年前,英儒培根強調知識之力量與實用性的說法,在今天更得到廣泛的迴響。蓋知識對整個社會之運作與發展已佔據最關鍵性的位置。

前加州大學校長克爾(C. Kerr)生動地指出,在社會發展的過程中,火車在十九世紀後半期、汽車在二十世紀上半期所扮演的重大角色,在二十世紀的後半期已由「知識工業」所承擔了。誠然,知識工業已成為國家社會成長發展中最重要的資源,而大學則正是知識創造過程的中心。時至今日,大學已不只含蘊紐曼(Newman)的理念，即大學是培育人才的教學場所，也同樣包含佛蘭斯納（A. Flexner）所標舉的理想，即大學也必須是學術的研究機構。大學的功能已越來越多元化，它與社會的關係也越來越密切，它已成為社會的主要文化源泉，以及知識新疆域的主要開拓者。

二、大學之發展與民間捐贈

現代大學，特別是高品質的大學，往往需要龐大的經費。一個普遍，同時也是很自然的問題是：我們能夠付得起發展大學的代價嗎？可是，更重要的問題卻是：我們能夠付得起不發展大學的代價嗎？經驗告訴我們，舉凡文化經濟先進的國家，大學教育幾乎沒有不站在世界先驅的位序的。歷史上出現光輝時代的社會，常常有偉大的學府巍然矗立，而今日美國與日本在工業上所以能雄踞當陽稱尊的地位，何嘗不與它們在大學教育上的巨大投資有關？對有些天然資源缺乏的社會來說，要想在國際上執鞭競先，爭一席位置，尤不能不賴於國民腦力的發展，以開發所謂「人力資源」。一點不誇大，在一個以知識為中心導向的現代世界，大學教育之發展殆已成為各國知識或人力競賽的主要疆場。

由於大學之昂貴以及其對國家社會的無比重要性，在世界絕大多數社會，幾乎都是由國家來擔承發展大學的主要或唯一的責任。誠然，由於大學支出之龐大，即使久享盛譽、富甲一方的私立大學，如英國之牛津、劍橋，美國的哈佛、耶魯等亦不能不漸漸接受政府之支援。

不過，同時我們也要指出一個現象，即今日在大學教育中居最領先地位的美國，在其千百間大學中，屬享有聲望的「美國大學協會」(Association of American Universities)會員的五十所大學，一半為公立，一半為私立。而值得注意的是，這五十所大學則沒有例外地，都需倚賴民間的資助以維護其優勢位置。換言之，它們都必須憑藉可觀的私人捐款以推動或加強特殊的學術計劃，用以達到真正卓越不群的地位。民間私人的捐贈，有時用來對既有的計劃作質的加強，但主要的卻是用來支持新的、原創性的、特殊性的或試驗性的活動。因此，儘管私人捐款在大學經費中的比重越來越輕，但它卻常能使一個好但又不夠好的大學跨進卓越的境界。

三、基金會與大學

大學接受私人的捐贈，或可說自有大學以來即已有了的，但民間的捐贈對大學教育發生深刻而巨大影響的則是私人基金會出現以後的事。說到基金會與大學之關係，恐怕要數美國最足範式。論者以為1829年史密松(James Smithson)捐贈哈佛大學五十萬美元一事象徵了現代基金會時代的開端。

百餘年來，美國基金會與美國教育的發展雙軌並行，密不可分，而最近半個世紀中，基金會對於大學教育之支援與承擔，可說與日俱增，其中扮演積極角色者如：The Carnegie Foundation for the Advancement of Teaching、The Carnegie Corporation、The Rockefeller Foundation、The

General Education Board、The Milbank Memorial Fund、Russell Sage Foundation等等，不一而足。這些基金會對高等教育固然有理想，有熱情，但如何化熱情為力量，如何轉理想為實際，如何使基金的使用發生最大的效果，則不是一件簡單的事。教育的發展需要錢，但單單錢卻不能使教育自動地發展。因此，基金會曾嘗試各種運用的方式，以求找到一個滿意的途徑。

一度擔任極具影響力的加奈基金會主席的凱柏（F. P. Kappel）曾經指出，基金會與大學之關係有如家庭，而最能實踐基金會理想的途徑是讓大學擔任基金的運用機構。他從經驗中了解到這是基金運用上最令人滿意的方法。誠然，大學是一學人的團體，從知識與教育的發展需要上說，大學本身自然較有權威性的判斷。因此，基金會的類別雖然眾多，但大都採取凱柏的觀點，即基金會與大學在彼此了解合作的基礎上，由大學擔承運籌擘劃之責。

在美國，基金會對大學的支持已有百餘年的歷史，為大學的發展提供了輝煌的貢獻。一般言之，在二十世紀初葉，美國大學或學院尚在草創階段，學術水平參差不齊。因此，老牌基金會，如The Carnegie Foundation、The General Education Board等，對於大專院校師資的提高、課程的改善、教師之福利，無不慷慨地給予全面性的鼓勵與支持。其發揮的作用之大不啻其他國家政府的教育機構所為。但二十世紀二十年代之後，美國的高等教育已進入另一階段，大學在質量上均有增進，大學之多、經費之大，均非基金會所能全面負擔。因而，基金會乃將其目標作了有意識的修正與限制，在觀念與做法上有了新的取向，即基金會只將其資源戰略性地用作支持大學新知識的探索、新教育法的試驗，以及重要學術文化計劃的推動。換言之，它們將資源選擇性地用來支持大學新的、具有特殊意義的計劃與活動。顯然，基金會這個戰略性的新取向是明智的。事實上，半個多世紀以來，基金會的資源對美國大學的發展發揮了最佳的邊際性效果。今日美國大學在高等教育上執世界牛耳之地位，未始不可說是拜基金會之賜，而美國許多大學之所以成績斐然、聲譽卓絕，實與基金會之支持與合作脫不了關係。

四、大學與書院的有機關係

新亞書院1949年創立於香港。新亞的誕生孕育了錢賓四先生等幾個書生偉大的文化理念，亦即為中國文化繼絕學，開新命；而她取名新亞，實含有建設和期待一個新的亞洲文化的雄心大願。新亞誕生於憂患之際，但她的文化理念與教育精神一開始即得到海內外的讚賞與迴響。

三十餘年來，先後有商界王岳峰先生、亞洲協會、哈佛燕京社、雅禮協會等的支持，使新亞在艱困中不斷成長，而和雅禮協會的合作，在新亞發展史上尤其扮演了重要的角色。1963年，新亞書院被邀與崇基、聯合書院合組為香港中文大學，乃進入了一新的階段，從此新亞的文化理念更在一長遠而堅固的學術結構中生根。

新亞書院成為中文大學有機體的一個部分後，她與大學結為一體。但新亞有其特殊的歷史傳統，有其特殊的文化面貌，她與姊妹書院崇基、聯合在大學整體的發展中，同中存異，各自發展不同性格的計劃，書院多元的取向與努力，顯然有助於中大全面的發展。佛蘭斯納曾探尋牛津、劍橋成功的神秘之鑰，他發現兩間大學中書院林立，各具面目：培立奧（Balliol）自是培立奧，麥德蘭（Magdalen）自是麥德蘭，三一（Trinity）就是三一，基斯（Caius）就是基斯，不同書院間彼此友好的競賽與觀摩，正激發了學術知識多彩多姿的卓越表現。

中文大學自始以建立卓越的境界自相期許，新亞為中大之一分子，創辦以來，亦莫不以卓越之追求為目標。錢賓四先生在一無憑藉，顛沛困頓之際，且有拿五百年的時間和耶魯大學競賽的豪語。新亞的後之來者，自亦不甘自棄；「路遙遙，無止境」的校歌，正激勵了新亞人向上向前的毅力與勇氣。但我們深知，要使新亞理想落實，要使新亞成為卓越的書院，不能不從推動學術文化具體遠大的計劃著手。

非常幸運，新亞董事會的許多賢達，對新亞的發展一直予以真摯關切的扶持，而社會上像龔雪因先生等更慷慨捐輸，使新亞近年能建立「錢賓四先生學術文化講座」和「龔雪因先生訪問學人計劃」等，這些計劃對於書院的學術文化氣候，皆有大助，且已受到海內外的注目與重視。

當然，今天中文大學的新亞，在經濟上有政府經常性的資助，可說早已享有「免於匱乏的自由」，而學術素質亦有一定的水準，但，我們離卓越的境界仍屬遙遠，新亞今天最需要的是學術文化基金，用以繼續推展多項的特殊性的學術文化計劃，俾新亞能漸次地步向卓越。

五、卓越之追求

1980年夏，我應邀到日本築波大學出席人類價值觀的國際會議。以久聞蔡明裕先生從事國際金融事業，聲名卓絕，享譽東瀛，且又熱心文化教育事業，不遺餘力，故極思趁此機會拜訪一見，以解慕渴。蔡先生聞悉後，竟不辭勞遠，從東京驅車赴築波接迎，往返費時六小時有多，其謙抑禮讓之精神，令人感動。

當晚在東京，我與蔡先生有一次極愉快的談話，雖然素昧平生，但一見如故。這次談話，予我印象深刻難忘者，是他對學術文化的廣泛興趣與嚴肅態度，而最令人鼓舞的則是他對我一些學術教育的構想和設立新亞書院基金的想法的積極反應。返港後，我即根據當時提出的構想，並諮詢了院內同仁，草擬了一份具體的計劃書，寄去日本。去歲末，蔡先生到美國、瑞士、盧森堡等地視察他屬下的國際金融業務，香港也是其中一站。他一抵香港即邀我晤面，並向我表示：「賺錢或許不易，但用錢則更難，我看過你的計劃，非常贊成，我已準備不久在香港成立明裕文化基金會，本諸取之社會，用之社會的原則，我決定捐出美金一百萬，作為基金，每年以其孳息贊助推動新亞書院的學術文化計劃。」

蔡明裕先生是國際商業界的一位卓越之士，而在學術文化事業上，他的貢獻也一樣卓越不群。早在二十年前，他就在台北與東京兩地設立「明裕文化基金」，資助推展教育與文化事業，同時，在日本還設立「明裕國際圖書館」，廣集專門圖書資料，供學人學子使用，設想新穎，用意深遠，素為學術教育界所稱道。現在，他又在香港設立「明裕文化基金」，並對新亞鼎力支持，顯示他對學術文化的熱心與關懷，不限於一國一地，而是國際性的。誠然，學術是沒有國界的，大學之為大學即具有一種世界的精神。蔡先生對學術文化，特別是對大學的支持，正是他的企業之國際化精神在文化學術上的另一種表現。

新亞書院三十三年來，得道多助，增長不息，現在，蔡先生為新亞書院設立一百萬美元的基金，將使新亞在現有的基礎上，更有可能從事多項的學術文化計劃，更有機會向卓越之境趨進。在「卓越之追求」的歷程中，蔡明裕先生將受到新亞人衷心的感念。

1982年3月

魯桂珍(左一)、李約瑟(左三)、金耀基(中央)
攝於七十年代

(左起)楊勇、饒宗頤、小川環樹與金耀基
攝於1981年,香港中文大學山頭

李弘祺(左一)、狄培理伉儷、金耀基(右一)
攝於1982年，香港中文大學新亞書院

李卓敏(中央)、金耀基(右一)、邢慕寰(右二)
攝於七十年代

費孝通（坐者）、金耀基（費先生後方）與喬健（最右者）
攝於1993年10月18日，江南

鄭赤琰（左一）、金耀基（左二）、黃石華（中坐者）、
郭益耀（右二）與郭夫人（右一）
攝於2015年11月11日

朱光潛（中）、金耀基（右），朱先生後方是他的女公子
攝於八十年代

卓然成家的現代一儒者

悼念劉述先教授

今年7月3日，我在出席中央研究院學術諮詢總會會議時，見到來自北京大學的杜維明教授。從他口中驚悉劉述先教授離世的消息。維明也是到台北後獲知的，顯然他為述先這位當代新儒學同道的去世感到震驚而傷痛。諮詢會結束後，我即電香港的元禎。元禎隨即去電台北的劉安雲嫂夫人問候。我與元禎自述先夫婦1999年離港去台後就很少見面了，但他夫婦常在我們念想之中。

劉述先的名字，我早年在台灣時就聞知了，而我們的結識則緣於二十世紀七十年代我們都從美國到了香港中文大學的新亞書院。我們成為無事不談的同事是我在1977年擔任新亞書院院長，而他則從南伊大到新亞任教(尤其是1981年他自南伊大辭職，正式來新亞任職)之後的事。述先兄對我於任院長之初即成立之「錢賓四先生學術文化講座」和「龔雪因先生訪問學人計劃」最為熱心積極支持。通過這些計劃，世界上對中國文化有卓越貢獻的學人，以及長期與外界隔絕的大陸學人，都陸續來新亞講學、訪問，並與新亞同仁切磋琢磨，把杯論學。在我任院長期間，記憶所及，先後來新亞主持講座的有錢賓四、李約瑟、小川環樹、狄培理（今年唐獎 / 漢學得獎人）、朱光潛、楊聯陞諸先生（我親筆寫信邀請楊老為講座主講後，就去了德國海德堡訪學，之後，楊老由我的繼任者林聰標院長安排一切）。龔氏訪問學人中則有錢偉長、王利器、賀麟、唐有祺、程十髮、何佑森、張立文等學者名士。述先兄說：「新亞在海內外學術交流扮演了一個前瞻性的特別角色是無可置疑的，我們得以躬逢其盛，也是與有榮焉。」事實上，述先兄本人就是新亞學術交流中的有力推手。當年，新亞每月有一個「文化聚談」，每次聚談都有一位主講嘉賓，嘉賓中大不乏文化學術領域中的翹楚，如諾貝爾物理學獎得主楊振寧、武俠小說大家金庸、詩壇桂冠余光中等。「文化聚談」有美酒（但必非價之貴者）、有佳餚（雲起軒員工的手藝），參與者（自付餐費）非常踴躍，有新亞同仁、有同仁家人、同仁朋友。述先兄幾乎是無次不與，並且無一次不是不吝發言。述先博識多才，不論科學、文學、藝術、政治都有他一番不尋常的見地。許多朋友說，他們最愛聽我每次介紹嘉賓的短篇言詞。事實上，「文化聚談」之所以有吸引力，當歸功於嘉賓的言談風采，而「文化聚談」有述先兄這樣的與談者，自然常有妙思雋語，滿座皆歡，「文化聚談」也自然不可能不是一次次的文化饗宴。我今日寫紀念述先的文章，當年新亞的人和事都一一再現我的眼前。當然，我記憶最新的是2005年劉述先教授應黃乃正院長之邀，自台返港主持「錢賓四先生學術文化講座」。述先兄離港六年，是次歸來，是「新亞人」重回新亞，我們垂老之年再逢，特別感到親切、可貴。難得的是，述先清瘦依舊，而精神奕奕亦依舊。他的「論儒學的三個大時代」的三講長篇，無疑是他晚年一部傑出的大著作。我必須指出，述先在新亞發表這個儒學長篇是有特殊意義的，這不但說明新亞乃當代儒學重鎮，而述先夫子自道，自我定位是現代新儒學第二代大師唐、牟、徐之後一代(即第三代)的代表人物之一，表達了對新儒學學統的承繼與發展是他一生志業之所在。

劉述先先生在台灣大學時代，受哲學家方東美先生之激發，醉心於東西文化哲學，並已發表文章。他意識到今日的新時代需要新的哲學。他一生的論述，特別著眼於儒學的「世界性」及儒學的「現代」意義。他在美國南伊大從求學到教學，開始用英文闡釋中國哲學。二十世紀七八十年代應聘到香港中文大學後，更進一步對中國哲學，特別是新儒學之本源、定性定位等問題作深入的探索，很顯然地，述先在與前輩學人徐復觀、唐君毅、牟宗三諸先生之交往問學中，得益殊多。鄭宗義教授在講述劉述先的學思過程時說，述先是「以一種默識的方式存放在腦海中。積蓄、醞釀、發酵的結果是等待讓它成熟釋放的機緣」。述先在大學時代有一早熟現象，他自己說有「眼高於頂」的狂妄，但大學後近六十年來，他的學問是轉益多師，持續地吸收、積累與成長的。他自己說：「垂老反而清楚地了解自己的成就有限，限制極大。」正因這一份自省的謙抑，述先的學問才能剛健不息，不斷精進。1982年發表的《朱子哲學思想的發展與完成》便是成熟的一家言。記得此書出版時，徐復觀先生對我說，述先處理中國哲學思想的大問題，給他有一種「舉重若輕」之感。

劉述先教授才情充沛，靈根厚植，數十年來，精進不懈，著述(中、英文)宏富，對中國文化高遠理想之追求，鍥而不捨，死而後已。

今天我們在這裏追念的不只是一位中大的好同事，一位傑出的「新亞人」，也是一位卓然成家的現代儒者。

2016年

一股特有的精神氣

悼念孫國棟先生

6月26日，孫國棟先生在睡夢中安詳辭世。我聽到了這個不想聽到的消息，傷感之餘，還是為這位患病逾年、九十一高齡的老新亞人的解脱感到寬慰，並默默祝他走好。孫先生自愛妻何冰姿女士仙去後，於2005年自美回港並在山巖巖、海深深，他懷有深情厚誼的新亞書院度過了最後八年。

我總覺得，孫國棟先生是一個很有「精神氣」的人，且這般精神氣貫通於講學和文章之中。追源溯始，原來孫先生一向景仰宋代愛國詞人辛棄疾，並以「慕稼」為字號。在他二十二歲就讀於政治大學時，為了響應「十萬青年十萬軍」的號召，投筆從戎，曾參與緬甸之戰，深受孫立人將軍賞識。我想孫慕稼先生如果一直留在軍中，他一定會成為一位辛稼軒所説「金戈鐵馬，氣吞萬里如虎」的傑出的愛國將軍。

抗戰後，孫先生退伍復學。1955年，他以三十三歲之齡報讀新創的新亞研究所，師從錢穆先生，走上治史之路。孫先生在初創的新亞研究所，不但有幸得到錢穆先生指點教誨，還有機會向牟潤孫、嚴耕望、全漢昇等著名學者問學，所以在短短幾年中識見與學養都大有精進。他發表的唐史研究論文，很受史學界的肯定與推崇，也無疑奠定了他唐史研究的地位。孫國棟先生不但治史有成，時論文章，亦擲地有聲，氣定神發，對中國歷史文化充滿溫情與敬意，盡顯錢門風範。新亞研究所畢業後，他在教學與行政上都表現出色，先後出任新亞書院文學院院長、新亞研究所所長，以及中文大學新亞書院歷史系系主任，可說育才無數。孫先生為香港中文大學及新亞書院服務達二十六年，貢獻不可謂不大，孫先生是新亞人可以引以為榮的新亞人。

我與孫國棟先生在中大、新亞共事近二十年。我任新亞院長時，受孫先生加持甚多。但我們在港時，交談多屬學校事，我最難忘的是1975年在劍橋大學與1993年在加州大學柏克萊分校與孫先生及孫夫人何冰姿女士的愉快交往。在異國異鄉，倍感親切，我們無所不談，我特別欣賞孫先生流露出他史學家之外的那份文學情懷。我現在寫此悼文，不禁想起孫先生那時自在自樂的心境，也讓我想起他心儀的辛稼軒詞句：「我見青山多嫵媚，料青山見我應如是。」

在劍橋與柏克萊那兩次與慕稼兄嫂在異鄉的往事，內子陶元禎與我時不時油然地會說起。是的，元禎與我特別記得劍橋時孫先生與孫夫人還帶著他們可愛聰明的小女兒，這個可愛的小女兒早已做母親了。

孫國棟先生以九十一高齡在新亞山巔安詳地離去是一生美好的句點。他的一生是充實而有意義的，他留給我們很多難忘的記憶。孫先生，請走好！在九天之上，祝您與夫人何冰姿歡愉重聚。

2013年7月

致愛華女史信

悼懷林端教授

愛華女史：

4月20日我在台灣參加一個會議，會中遇黃光國教授，從他口中驚悉林端教授已於月前離世，我聞知後震驚、痛惜不止。林端正值盛年，在學術上正顯光熱，而他竟猝然離我們而遠去，這實在令人難以置信，難以接受啊！

你與林端鶼鰈情深，是夫妻，也是同道，年前你與林端來港對我作專業性訪談，我深深被二位的治學精神所感動，對二位心氣相投，相敬如賓的恩愛尤為欣賞。如今，林端已仙去，人天永隔，牽手難再！你的失偶之痛，什麼慰藉的話都是無力蒼白的，我只想你知道，任何有緣識得林端的人都會懷念他，都會為失去這樣一位有品德、有才學的朋友感到深深的痛惜，也都會希望林端最親最愛的妻子愛華能挺過這一次的人生大變，能繼續勇敢地面對生活，面對明天，我們都相信這是在天那一邊的林端所最期求的。

兩週前，我還請香港牛津大學出版社為我寄給林端與你我最近四冊增訂版的書。我是寄到台灣大學社會科學院的。此外，我在前些日子寫了兩幅字，是寫給林端與你的，我現在也隨此信寄上。最後，我要對你與林端花了極大精神寫的兩篇評論我學術著作的文章，表示衷心的感謝，林端與你是我學術上的知音。

珍重，珍重！

金耀基

2013年

附記：

林端博士二十世紀九十年代自德學成返台，在台灣大學社會科學院社會學系執教，離世前他是社會學系教授兼社會科學院副院長。林教授返台後曾於中、德兩地學術刊物上發表多篇論文，皆是法律社會學上甚有分量與見地的論述。林教授與妻愛華女士對我個人的著作相當熟悉，並深感興趣，林端第一次與我見面是在海德堡大學韋伯學權威施路赫特（Wolfgang Schluchter）教授主持的"Max Weber and the Modernization of China"的國際學術研討會（1990年7月在德國Bad Homburg）上。林端表示他對我當時發表的論文"Max Weber and the Question of Development of the Modern State in China"印象深刻，並告訴我他在台大讀書時已讀過我1966年出版的《從傳統到現代》一書。林端教授回台後與愛華女史一直用心搜集我幾十年來發表在各處的著作(包括學術的專著與論文，文化、政治評論以及文學性的散文)，他倆表示要寫一部研究我的專書。二十一世紀初始幾年中，林端、愛華夫妻曾兩度從台灣來港對我作長時訪談，後來二位分別寫了一篇對我著作的討論文章，誠然，我對林端、愛華是有知音之感的。2013年4月我赴台開會，黃光國教授告訴我林端教授猝然去世的消息，我的震驚與痛惜是非言語所可表達的。我曾試圖與愛華女史聯繫不果，回港後我即寫了此信給她。近日，我翻檢書篋，赫然見到我當年寫給愛華女史一信的原稿(平時我很少留有信函原稿的)，頓時又引起了我對林端教授的深長懷念，並決定將此信收入《有緣有幸同斯世》書中，以表我對這位英年去世的學術知音之情誼。

耀基誌

2017年8月9日

一位有俠義之氣的朋友

悼念郭俊沂先生

郭俊沂先生是我認識的最有俠義之氣的朋友，他長期在培正中學任教，育人無數。俊沂兄重然諾，喜交友，不迷杯中物，但樂以杯酒談天説地。三杯下肚，詩文朗朗，脱口而出。興起時則歌之舞之，足之蹈之，一派天然，蓋性情中人也。

我與俊沂結交是二十世紀八十年代同籌「爐峰學會」之時，當其時也，大陸與台灣仍是大海遙隔，關山難渡。爐峰學會旨在以香港為橋，為兩岸三地學者搭建一座溝通交流的平台。學會之事，如籌款、安排會議、論文出版等頗為繁重，而重擔即落在俊沂身上。無疑他是一位最肯出力最有實幹本事的共事者。其後大陸與台灣「三通」既開，兩岸三地學術界之交往已是等閒平常之事，「爐峰學會」成立之目的既已遂達，也就功成身退，欣然結束。越數年，俊沂有創設「爐峰雅聚」之構思，我然其意，並樂於擔任「雅聚」主人之一。但俊沂兄始終是台上、台下總攬一切的主持人。蔣震先生稱他為「出色的活動家」，非虛語也。

一年數次的爐峰雅聚辦得有聲有色，一次次的雅聚成為一次次香江的文化饗宴。俊沂人緣好，人脈廣，香港各界的賢達精英，為雅聚座上客者，所在多有。我是雅聚的主人，除了每次講講話，也只依俊沂之意，以自寫的書法答謝工商界達人名士一次次資助的數十台的佳餚美酒。經由「爐峰雅聚」我認識到，香港一地，實多藏龍臥虎也。

約三年前，俊沂兄的健康出現了警號，我就主張「爐峰雅聚」暫不舉辦，待他健康復原時再續前之盛事。不意年復一年，俊沂身體每況愈下，在俊沂患病期間，陳興兄不時與他有晤，且曾數度強送他進醫院急診。近日陳興兄表示俊沂情況不妙，我聞之每惻然傷感。我是逾八之人，對老年朋友的俊沂病情已不感樂觀，但總望他有轉好之日，不意今年11月18日，俊沂兄竟靜悄悄駕鶴仙去矣。嗚呼，俊沂兄去了，世間又少一位可以把酒言歡之友，惜哉痛哉！嗚呼，俊沂兄去了，「爐峰雅聚」已成絕響，香江的文化饗宴將難得再有矣。我對郭俊沂先生這位最有俠義之氣的老朋友，深深懷念。

2016年

活出了生命的境界

追思逯耀東教授

逯耀東教授於今年2月14日在高雄逝世，我是第二天從香港報章上知道的，他在台灣的朋友和學生都深感哀念和惋惜。逯教授的夫人李戎子於3月10日在台北第二殯儀館舉行了家祭和公祭。今天他在港的朋友與學生在香港中文大學新亞書院為他舉行追思紀念，逯耀東教授與香港，特別是新亞書院，有一段重要的學緣。他在新亞讀過書，也教過書，前後逾二十年，新亞在他生命史中佔了近三分之一的時間。1957年他從台灣大學歷史學系畢業，1961年他考入新亞研究所，拜在牟潤孫先生門下，並有機會親炙錢穆、嚴耕望諸位史學大師，以〈拓跋氏與中原士族的婚姻關係〉得碩士學位。畢業後留任助理研究員，繼續深研。1968年回台北，轉入台大歷史系博士班，在沈剛伯、李玄伯、姚從吾三位先生指導下完成博士論文〈魏晉史學的轉變及其特色——以雜傳為範圍所作的分析〉，成為台大歷史系博士班第一屆文學博士。1977年，逯耀東先生再到香港，受香港中文大學之聘，入新亞書院任教，直至

1991年退休返台，再在台灣大學歷史系開始了為時七年的教學生涯。逯教授在港執教十四年，許多學生都卓然成才，有的跟隨逯教授之後，更成為新一輩的歷史學者。

我與逯耀東教授早識於台大讀書時，但與耀東兄有機會共事，有機會品嘗到他親自烹飪的美食，則是他在新亞期間。在這段日子裏，有感於「文化大革命」對中國文化的摧殘，他在教學之餘，還辦了《中國人》月刊，就是為了張揚中國文化，為中國文化立命，爭命。劉述先教授與我都曾為《中國人》寫過文章。而耀東兄所發表對史學的深刻反思與批判的文字，之後出版為《史學危機的呼聲》一書。

逯耀東先生是一位史學家，他讀的是歷史，教的是歷史，一生撰述不輟的也是史學的論著。許多人都知道他在魏晉南北朝的研究上有傑出的成績，其實，他的學術興趣與關懷很多，在史學的好幾個領域都有探索、鑽研，並且有不少發前人所未發的識見，有開拓史學新視野與新陣地的貢獻。他是第一位把「中國飲食史」帶進大學殿堂的人。逯先生的弟子黃清連教授對逯先生在史學上的成就有很詳盡深入的討論。黃教授說：「從學術領域來說，他的主要研究在中國史學和中國文化。在史學方面，特別專注於魏晉史學與近代史學，近年更拓展至兩漢史學的研究。在文化方面，除早年注意胡漢文化異同，近年則留心於飲食文化問題。」

我在這裏特別要提出的是，逯耀東先生除了史學上有功夫，他還是一位文章高手，他是史學與文學並秀，兩方面都散發了他的筆墨才華。他的兩本中國飲食文化散記《肚大能容》、《寒夜客來》，是史學，也是文學，今天在大江南北都廣泛流傳了。逯耀東先生自稱「懶散」，其實「散」或有之，「懶」則未必。他在兩岸三地品嘗地方小吃，腳頭之勤，在我朋友中未之有也，而他著述之勤，單看他出版的上百萬字的書稿就知道了。從1998年起，台北東大圖書公司陸續刊布了他的史稿與文稿，已出版的有《糊塗齋史學論稿》四種、《糊塗齋文稿》五種。「糊塗齋」是耀東兄的書房，它之取名「糊塗齋」當然是因為他喜歡鄭板橋「難得糊塗」的境界。他之留「糊塗」去「難得」，則是因他的夫人李戎子說他「難得糊塗？還難得糊塗？你幾時清楚過？」這一來，耀東兄就說：「那麼，抹去難得，剩下糊塗如何？」我看，耀東兄小事或有「難得糊塗」之時，大事就從不糊塗。

逯耀東先生是江蘇人，但他粗獷豪邁、灑脱不拘，更像是燕趙北國的漢子。他寫的散文，〈過客〉、〈對弈〉、〈買劍〉、〈解劍〉、〈集市〉一連串的「那漢子」，十之八九都是他自己的寫照。「那漢子似俠非俠，似儒非儒，似隱非隱」(耀東自況)，不論「賣劍」、「解劍」都活出了生命的境界。

逯耀東先生走了，古人云「人生七十古來稀」，但就今天來說，七十是「古稀今不稀之年」，耀東兄七十五歲就走了，實在走得早了些。不過，人活一世，不在活的長短，而在是否活出境界，有境界就有意思，就精彩。逯耀東先生做學問、寫散文都講境界，就連飲食也講境界。他的一生活出了生命的境界。他走了，但我們忘不了亦俠非俠，亦儒非儒，亦隱非隱的「那漢子」的身影。

2006年

有幸與君同斯世

敬悼李院士亦園大兄

得悉李亦園先生離世的消息時，我不只感到哀傷，更感到有些自哀。錢穆先生說過：「朋友的死亡，不是他的死亡，而是我的死亡。因為朋友的意趣形象仍活在我的心中，即是他並未死去，而我在他心中的意趣形象卻消失了，等於我已死去一分。」說得多麼真切呀！亦園兄走了，但他的言行面貌卻湧現在我眼前，他沒有死去，他活在我心中，活在他的朋友心中。

亦園大兄長我五歲，可算是同輩之人，但我讀到《文化與行為》等著作時，他已在台灣大學教書，而我剛第一次留美(1965)返台。我於1966年出版闡論中國現代化的《從傳統到現代》就不止一次引用了他的論點。李亦園先生是李濟之、董作賓、凌純聲等前輩學者之後，在台灣的人類學與民族學上承先啟後的主要學者。李亦園先生除短期赴哈佛大學進修外，整個學術生命都在台灣。他勤於治學，鑽研不懈，不只田野工作做得出色，理論性普及化書寫也一樣出色，而教學上更受青年學子的愛戴，數十年來，他在中央研究院民族所、台灣大學人類學系以及清華大學人文社會研究所精心經營，成績斐然，培植了多位今日在台灣的人類學上掌旗的領事人物。

近半個世紀裏，亦園兄在台灣，我在香港，二十世紀七十年代至八十年代初，台港兩地，絕少交流，但亦園兄與我在學術志趣上有不少交集，彼此心中可謂相知相重。亦園兄主持中央研究院民族所時，我被邀擔任所外學術諮詢委員，我欣然從命，亦因此開啟了七十年代後我與台灣學術界的交往。及今回憶，我與中央研究院之結緣也是在那個時候，更記得1994年我當選為中央研究院院士，而提名我為院士候選人的正是李亦園、許倬雲與余英時幾位我素所敬重的學人。

我與亦園兄自七十年代交往以來，都是在開會時才碰面，幾乎沒有私交可言(這是我今天頗感遺憾的)。我與他在八十年代中期後，開會定期見面的機會更增加了。自1978年大陸改革開放後，兩岸三地的社會科學界都有建立、促進交流合作的強烈意願。幾經磋商周旋，大約在八十年代中就有了一個以「中國文化與現代化」研討會為平台的三地社科界交流、合作的機制。每兩年，三地輪流舉辦「中國文化與現代化」的研討會，每次會議均有一專題(如家庭、農村經濟發展、城市化等)。香港有喬健、李沛良和我為召集人，大陸有費孝通、馬戎、潘乃谷為召集人，台灣則有李亦園、楊國樞為召集人。費孝通先生當時已是逾古稀之年的學者，但精神矍鑠，思維清晰，每次研討會他都出席，並提出認真、充實而有新見的論文。李亦園兄與這位同行前輩最為投契，二人亦是相知無隔。每次研討會參與者都有三十到五十之數，可謂群賢畢至，少長咸集。我與亦園兄屬中生代，有許多共同語言，但我們所談無不是有關社會科學在兩岸三地發展之事。誠然，我們偶爾亦會談到學界內外的人與事。在我印象中，他對前輩與後輩盡多寬厚、寬容與讚許之詞，對同輩亦多不吝嗇的推美，至於對有些不堪(不是全無學問或才華)之人，則往往止於搖頭、嘆氣。我對亦園兄之心量、判識與人生境界是很有所體會的。

從九十年代開始，我與李亦園先生在1989年成立的「蔣經國國際學術交流基金會」每年又有兩次定期共同議事的機緣。我先是基金會的學術諮議委員，後期是基金會的董事。李亦園兄是基金會的創始人之一，也是基金會第一任執行長，多年後他繼李國鼎、俞國華之後被推選為基金會董事長，他主持基金會長達二十年之久。「蔣經國國際學術交流基金會」是台灣第一個面向國際的學術交流基金會，由政府與民間共同捐資成立。基金會旨在獎助世界各國學術機構與學者進行有關中華文化、華人社會與台灣發展經驗之人文及社會科學研究，並促進國內外學術機構交流合作。基金會成立迄今，申請獎助之機構與學者，數以千計，地區遍及五大洲，國內外逾百所世界著名大學或研究機構(國外如哈佛、耶魯、普林斯頓、史丹福、芝加哥、柏克萊、牛津、劍橋；國內如中央研究院、台大、政大、台灣清華等)皆在其列。基金會之核心審議工作分由國內、美國、歐洲、亞太及新興五個「諮議委員會」負責，五個諮議委員會由國內外逾百位人文及社科學者組成。

審議工作者皆以學術為標準，客觀、嚴謹而具公信力。「蔣經國國際學術交流基金會」久已享有世界性的口碑與聲譽。基金會之有如此成就，固然是基金會成員整體的努力所致，但亦園兄付出最多，貢獻亦最多，這是亦園兄書生事業的另一成功展現。他做事與他做人一樣，認真、公正、有為有守、有度有節。我參與基金會與亦園兄共事多年，是我一生中難忘的愉快經驗。

2010年，李亦園先生因健康原因，決定讓賢，辭去了基金會董事長之職，自此，我每次從香港到台灣開會，就難得與亦園兄見面了，即使在兩年一次的中研院院士會議中，也不見他的身影了。年前，在院士會議之後，我與芝加哥大學的刁錦寰院士到亦園兄寓所探望他，他講話慢了，體態也弱了，可是思維仍還清明，當然，我已看不到他以前那股精氣神了，但我決然不覺得他已走近人生的盡頭。今天，亦園兄畢竟是走了，我真感到無奈。

此生此世，我在這個世界已活了八十年有多了。八十多年中凡與我同生斯世的人不能不說是「有緣」的，但有緣卻也是有「幸」與「不幸」之分。一種人，我是深感「有緣有幸同斯世」的，另一種人(還好是少之又少)，我卻感到「有緣不幸同斯世」。李亦園先生不只與我「同斯世」，還是屬同一世代的，我與亦園兄結識半個世紀，我十分珍念我們五十年的相知相重淡交如水的情義，我要對亦園大兄說：「有幸與君同斯世」。

2017年

高錕的笑容

科學與教育的卓越貢獻*

10月6日下午5時許，我在火車上，手機傳來高錕獲得2009年諾貝爾物理學獎的消息，這給我一個很大的驚喜。我暗暗為這位遠在萬里外的老朋友高興。

上世紀末，特別是1996年他榮獲「日本國際獎」(「日本國際賞」)後，我一直認為高錕校長應該並且會獲得諾貝爾獎的。

但進入二十一世紀後，我與Charles(中大同事都這樣稱呼高錕校長的)的朋友都不再這樣想了。我問過物理學界的人，都説高錕的光纖發明貢獻巨大，但諾貝爾獎鮮有表彰應用科學成就的。Charles已獲得所有表彰科技貢獻的大獎，我看他似乎也不在意諾貝爾獎了。

10月7日上午，我在電話中向高錕伉儷祝賀(當然，6日晚就要打電話去，但他們怕太多電話，電話已擱鎖，這是由高夫人Gwen打過來的)，還告訴Gwen下午中大在

---

* 本文原刊於《明報月刊》2009年11月號，頁19–23。

工程學院有一個慶祝酒會，劉遵義、楊振寧、姚期智、楊綱凱等幾位教授都會出席。Gwen很高興，要Charles跟我直接講話。Charles很平靜，但語調是愉快的，我相信他是「知道」諾獎的事的。Gwen說，Charles講話incoherent，對諾獎事一時清楚，一時又不清楚。她說當她在電視上看到瑞典皇家科學委員會宣佈諾貝爾物理學獎時，Charles在身邊，她說諾貝爾獎是一個很大榮譽呀，Charles只漫然應之，她提高聲調說：「這是頒給你的！」Charles就說：「哦，很好呀。」Gwen說：「（諾獎）早一兩年就好囉。」是的，這次諾獎頒給高錕校長，跟他1966年發表的論文已四十三年之久，從二十世紀到二十一世紀，這真是「遲來的榮譽」，不過，從Gwen的興奮中，我覺得這還算是來得不太遲的驚喜！

1966年，高錕發表了一篇論文，提出一個想法，認為一種石英基玻璃纖維可以進行長距離訊息的傳遞，這是光通訊科技上「異想天開」的新思維。從1960年開始，他在國際電話電報子公司旗下的標準電訊研究實驗所，從事一個科學新課題的探索，這個新課題是如何用光來通訊，他的設想與當時的學術界的信息傳送研究以微波為主不同。他認為用光傳送，可以比微波的傳送量增加一萬倍。用光傳訊不是將光由A點射到B點就可以，關鍵是要找出一種導體，以保持和保證光從A點到B點時不會受到任何阻礙。第一個大難題是有沒有足夠透明的東西可以完成這項任務？所以，他的首要工作就是找出這種傳送光所用的導體。六年後，高錕論文中提出的石英基玻璃纖維就是他找到的傳送光的導體，簡稱就是光纖(光導纖維)。論文發表後，很少人對此有反應，有的也只視為「癡人説夢」，只有英國郵政部的一個總裁認為他的設想，很有可能實現，並撥出經費支援他的研究。這樣才使高錕能把光通訊的實驗與研究繼續到底。1972年一家美國公司製成了首條一公里長的光纖，十年後(1982年)光纖的第一個商業性系統在英美試用，再十年(1992年)，光纖就有了大規模的生產與世界性的應用，促成了資訊高速公路在全球迅猛發展，為人類「資訊時代」打開了大門。瑞典皇家科學院指高錕的光纖的發明是「形塑今日網絡社會基礎的科學成就」，又説現時全球光纖十億公里長，可圍繞地球二萬五千周，「文字、音樂、照片和錄像，不足一秒可傳遞全球」。

高錕虛懷若谷，但亦十分有自信。他充分理解光纖對人類世界的重要性。2002年，《明報月刊》的訪問中，他很自信的表示，光纖通訊的研究「可以開闢一個全新的世界」。更有意思的是，他說光纖的發明，「就像印刷術的發明」。

10月7日下午在香港中文大學校園舉辦的慶祝酒會中，我説高錕校長光纖的發明是一項偉大的發明，中國過去有造紙、印刷術、火藥與指南針四大發明。高錕的光纖可以説是中國人的第五大發明。

光纖的發明是高錕教授在科學上的貢獻，他的另一個貢獻則在高等教育。其教育事業源自與香港中文大學的結緣。1970年他應中大創校校長李卓敏博士之禮聘，出任當時理學院的電子學系「研究教授」(Reader)及系主任。高錕過去在英、美、德電訊工程機構及研究實驗室，都是擔任首席研究工程師等職。在大學擔任專任教職，這是第一次。在中大四年間，他對發展電子學課程不遺餘力，電子學系蔚然有成，他也成為中大首任電子學系講座教授。在這段時間裏，他忙於教學與學術行政，但從沒有放下研究，暑假還趕到英美的實驗室繼續跟進。他對光纖的研究真是不離不棄。1975年，高錕離開中大重返英國與美國，專注於科研。從1976到1985年，他幾乎年年都獲得榮譽大獎，包括蘭克獎、摩理斯·H·利柏曼紀念獎、L·M·艾力松國際獎、馬可尼國際科學家獎，以及美國電機及電子工程師學會的亞歷山大·格林姆·貝爾獎章等。1985年，中大為表揚高錕教授在研究光導纖維通訊方面的重大成就，頒發榮譽理學博士學位給他。兩年後(1987)中大聘請高錕教授為中文大學校長，他就任中大第三任校長時，已擁有了「光纖之父」的榮號。

高錕校長上任後，在致全校師生的第一封公開信中清楚列出中大的使命：

> 在未來幾年的關鍵年月裏，大學的目標和發展方向是很明顯的。香港中文大學是一所中、英雙語並重的綜合大學，這所大學的使命是：一、不斷培養更多達到世界一流水準的大學畢業生及研究生；二、成為香港的一個知

識力量泉源，為社會服務；以及三、為香港創造有利條件，培育人才並促進工商業的發展。

我看了他的公開信，很認同他對中大的期待與願景，並為中大深慶得人。高校長曾是中大的教師，我與他有四年的同事之誼，但我們從未見過面，那時彼此在不同的校園，屬於不同的學院與書院。與高錕認識是他當了中大校長的時候，當然真正相知是1989年承他相邀擔任副校長之後的事。高校長十分理解學術研究、創新知識與培育人才是中大作為一所研究型大學的基本任務，他也充分認識並強烈感覺到要為香港創造條件，促進工商業發展。事實上，他個人在校務以外，樂於接受政府或工商界之邀約，為香港，特別是科研發展方面，出謀獻策。

我想指出，高錕擔任中大校長的九年(1987–1996)，正是香港主權回歸的「過渡」時期，這段年月，沸沸揚揚，但香港主權回歸的事對他主持中大的積極態度沒有絲毫影響。他認為香港主權的回歸是必然，也是應然的事。八九年他對中大的治理結構做了全面的革新與重組，也就在這一年，北京發生了震驚世界的「八九民運」，對香港產生了很大的衝擊，所幸高校長在中大的發展計劃都能一一按日程推展無滯。其實，八十年代中以來，港人因對九七的憂慮，出現了人才(特別是香港本來就不多的大學畢業生)外移現象。八九民運悲劇發生後，人才外移勢頭更見加劇，在這一情勢下，香港的大學教育的擴展與赤鱲角機場的建造就成為港府為香港穩定民心、打造未來的兩大動力。中大在高校長領導下掌握了這個新發展的機遇，因而在量與質上得到了大步擴展與上升。從1987到1996年，中大的學生人數由七千餘增至一萬三千多名。教職員人數由二千五百零六名增至四千一百零九名。具體說，在高錕校長任內，將「四年制」改為「靈活學分制」，使中大更加吸引了香港的中七畢業生，並增建了工程學院和教育學院，使中大成為有七個學院的綜合性大學，其間又增設了第四間書院(逸夫書院)，進一步強化了中大為香港唯一書院制大學的特性。在學術研究領域，成立了香港生物科技研究所、亞太工商研究所、香港亞太研究所、香港癌症研究所、人文學科研究所、香港教育研究所及數學科學研究所等。再者，重組研究委員會，實施校內研究評核，以支援學術研究，獎勵卓越表現。在大學行政方面，也做了多方面的重組整合，還成立了多個新部門，如學術交流處、校友事務處、研究事務處等。在校園電腦化方面，圖書館、學術及行政部門的局域網絡接駁至校園基幹網絡，通過基幹網絡可連接到世界各地系統。簡單說，在近十年間，中大在原有的良好基礎上，日益壯大，中大成為在香港、在亞洲一所有規模、有格調、有學術質量、有國際聲譽的大學。

在我印象中，高錕校長用得最多的兩個詞是「創新」與「卓越」，他不止一次跟我表示中大有很多人才(當然包括任內招聘的大批人才)。他認為他的最重要角色是為有才的人創造空間，讓有才的人能夠充分發揮，他也覺得在九年校長任內，確實為中大的有才能的人創造了「人盡其才」的空間。在他退休後的一次訪問中，他表示最有滿足感的是中大已經有了一種學術氛圍，這種氛圍只能在最優秀的大學中才能找到。他說：「我們真正是在建造可以與世界上最好大學競爭的大學。」

誠然，在中大發展的歷史中，高錕校長為中大做了關鍵的階段的重要貢獻，今天中大在世界大學之林中已居於前沿的位置，真正可以說是一World's Local University，是一香港的大學，也是世界的大學。無疑，高錕九年的校長工作是功不可沒的。

高錕在高等教育與科學上的貢獻都是卓越的。

Charles是在雙文化環境中成長的，平時習慣上都用英語，我與他交談時大都用普通話，偶爾也會說上海話，他與學生講話常用他不算最流暢的廣東話，他一再表示中大教學必須中英並重，他期許中大學生要有良好的中、英雙語能力。Charles是中國人，也是世界人(他有英、美兩個國籍)。他關心香港、中國，但他的視域和胸襟是世界的。

有一特點我想許多人都會發現，高錕的臉上永遠帶著一副笑容，是那種極自然、令人感到親切舒服的笑容。那是高錕特有的笑容。我不知這是西方的還是東方的，但我知道他謙虛寬厚的襟懷主要是來自中國文化的薰陶。他自幼讀過四書五經，並承認孔夫子對他有影響，他特別認同傳統中國文化待人寬厚的精神。Charles對己對人都有很高的要求與期待，但他對人寬厚、容忍是超級的，有同事跟我説，他從未見過高校長生氣，問我高校長是否從不會生氣？説真的，在香港做大學校長，能不對有的事、有的人、有的現象不生氣？Charles的容忍量是超級的，但他是會生氣的！

我在高錕校長九年任內，擔任了七年副校長，很珍惜與這位中、西文化意義中的君子共事的歲月。他離任後，忙於辦學校，製陶瓷(他送我的一個陶罐，還真有藝術性)，做諮詢工作，飛來飛去，我們相聚不多了。直到我從中大退休後，他約我每月至少聚餐一次，我們都感到退休生活的有趣可貴。從他口中，我知道有一段時間，星期日長者搭乘巴士只需港幣二元，我們都無車，巴士公司此舉對長者可説是禮遇呀！近一兩年，Charles患了老人癡呆症，但見到他時，他臉上還是帶著「高錕的笑容」，身子依然健好。約半年前，他去美國加州前，我與楊綱凱教授到跑馬地他的寓所看他，覺得他的記憶力是弱了些，但我們還是可以交談，雖然有時要靠Gwen在旁協助。臨別時，Charles還堅持陪我們看他屋頂的小園，還要下樓帶我們到附近的大排擋看看，我與綱凱不讓他太勞累，堅持回送他上大樓的電梯，Gwen正等著他。見著他進了電梯，綱凱與我心情都有點沉重，但覺得他有Gwen的照顧，加州陽光好，又有兒女在附近，對他是有幫助的。

這幾天在電視熒屏上多次看到高錕伉儷在加州寓所的訪問錄像，失憶的情形比半年前好像多了點，但健康還好，我熟悉的笑容依然。Gwen表示她會陪同高錕校長出席12月瑞典首都諾貝爾獎頒獎盛典。我祝福這對結縭五十年的恩愛夫妻，在斯德哥爾摩的大廳中，全世界都會欣賞到「高錕的笑容」。

2009年

憶念樹(基)弟

按語：

2020年(庚子)春初，新冠肺炎首在武漢爆發，1月下旬，武漢封城，全國倉皇抗疫，香港亦瞬間淪為危城，二三月間，新冠肺炎已遍及歐、美、澳諸大洲，全球幾已無倖免之國，真正成了世紀性全球大災難。2020年7月我寫了〈疫情中的苦樂與書寫〉一文(發表在《明報月刊》2020年8月號)。下面所刊是該文的一段。寫到樹基弟6月在台灣去世，蒼天傷我，渡海無路。我只有和淚寫〈憶念樹(基)弟〉短文，Whatsapp到台灣，由樹弟長女煦平(小平)在靈堂宣讀，悼別五弟。

「疫情厲烈期間，電視與手機不斷出現悲慘鏡頭。在武漢、米蘭、紐約等地見到成十上百的死者大體裝袋車運，棺木一色，排列連街，月黑風高，不聞哭聲，真是觸目驚心，有今世何世之歎！整整半年的時間裏，病魔橫行，世無淨土，沒有哪國最慘，只有哪國更慘；全球人都在苦情之中，沒有哪裏人最苦，只有哪裏人更苦。港人天性樂觀，深信香港是塊福地。相對而言，香港之疫情難言兇厲；港人之苦情，難言深重。惟於我而言，則有刻骨之痛。6月初，樹(基)弟病重，6月中樹弟長逝。香港、台灣大海相隔，因為疫情停飛停航，咫尺天涯，徒呼奈何！樹弟生時，我不能前去道別；樹弟離世，我不能親往弔唁，蒼天無情，獨我傷痛，惟有和淚寫〈憶念樹(基)弟〉一文，Whatsapp給樹弟長女煦平在靈前代讀，表我『願來世再為兄弟』之哀思。猶憶去年(2019)11月我們兄弟在台北歡聚，樹弟說去日多，來日少，當時他健康頗可，惟不良於行，語我今後盼能多聚，我亦以今春再見為約，不意12月新冠肺炎撲至，我再難踏足台灣一步(連兩年一次的中央研究院院士會議也延遲了)。去年一別，竟成永訣，人生聚離，固如是之輕乎？固如是之重乎？！」

樹(基)弟走了，他已到了天國，一個再沒有苦痛的世界。樹弟一生，雖亦有波折與苦痛，但他畢竟很充實地過了八十四年的美好歲月。在人間，他瀟灑地走了一回。我們懷念他，但不要難過，我們都要為他祝福。

今天我們樹(基)弟的至親友好，在小聖堂為他做追思彌撒，我與元禎在香港，恨不能親身赴台，與你們同在。我只能寫幾句樹弟在人間的點滴，請小平(煦平)或履平代讀，讓大家分享，也讓你們的爸爸聽聽。

樹(基)弟生於抗日戰爭初期，有過顛沛流離的日子。1949年到台灣，他十三歲身體不好，曾有一段時日輟學在家。但他發奮自強、學力猛進，在建國中學畢業時，英文老師給他101分。沒有説錯，是101分。隨著他考進台灣大學，而在大學一年級，也沒説錯，是大學一年級，他竟考上了國家外交官的高等考試，這是極不尋常的，了不得的，我們的老父親為之欣慰不已。而這也決定了樹弟日後走上外交之路。台大畢業之年，他又考得一個留美讀博士的全額獎學金，但樹弟放棄了，這當然是因為當年他與楊琬玉小姐正在戀愛中。樹弟放棄留美，卻娶得楊琬玉為妻，這是他一生中最好的決定，也因為這個婚姻，樹弟才有了小平、履平、清平，這五口之家是樹弟平生最感幸福與力量之所在。

樹弟的外交官生涯很長很久，也多彩多姿。他任外交部發言人時，他的俊朗神采，傳遍台灣，而元禎特意笑他的「天台國語」，更深得蔣經國總統的賞識。多年後的一年，樹弟以次長身分毅然接受駐韓大使的任命，做的是明知「不可為而為之」的任務。但國府與韓斷交之日，僑胞夾道相送，韓國高官親臨話別，場面壯盛感人，國家尊嚴毫髮無損，可算為斷交史上寫下奇特一筆。

樹弟一生，出使多國，晚年出使德國，退休前出使俄國，更是外交生涯之巔峰。他雖是國家「代表」名義，卻受到友邦國「大使」的禮遇，而樹弟展現的更是國家大使的氣派。我與元禎都曾到過他駐節之地，兄弟異域相聚，倍感親切，往事歷歷，如在眼前。

樹弟退休後，歸居台北，雖然兩袖清風，卻依然可住華屋，這當然是他子女的孝心奉獻。我與元禎每到台灣，必與樹弟、琬玉及他家人歡聚，喝咖啡，品美食，談往事，論人生，這是我們退休後的快樂辰光。

樹弟一生，可以無悔無恨，他真實地過了八十四年的美好歲月。

樹弟，我們懷念你、祝福你，願來世我與你再為兄弟。

耀基

2020年6月18日夜寫

其學可佩，其心可敬

悼念傅高義教授*

今晨陳方正兄傳來傅高義教授(Ezra Feivel Vogel)於12月20日在美逝世的消息，令我驚憾不已。今年(2020)1月，中大出版社甘琦社長在疫情未烈之際還安排了一個我與傅老的對談，為慶祝傅教授*China and Japan: Facing History*中文版《中國和日本：1500年的交流史》出版的發布會開道。這是傅教授的《鄧小平時代》(*Deng Xiaoping and the Transformation of China*)一書後第二度與他同台對談了。會後，我還對他說，等他下一部大作(他計劃寫胡耀邦已有多年)問世，我期待與他三度同台對談。我不是隨口說的，因傅高義雖已九十高齡，但仍能寫成大書，並為中文版的出版，萬里迢迢來港，節目一個接一個，身體卻能一直保持良好狀態。以他健康判斷，我真信他可以再有新著問世的。但如今，一切戛然終止，傅老的中、英話音已成絕響。我得此「壞消息」後，隨即Whatsapp給方正兄：「傷感、痛惜、愴然，捨不得傅高義離去。」

* 本文原刊於《明報月刊》2021年2月號，頁70–71。

我與傅高義教授認識應該逾四十年了，他今年九十，我亦八十有五，真可說是「老友」了。我已記不得何時何地與傅老第一次見面，在未認識他以前，我曾讀過他1963年的《日本新中產階級》(*Japan's New Middle Class: The Salary Man and His Family in a Tokyo Suburb*)，印象深刻，很幫助我對二戰後「新」日本的認識。之後，他1969年出版了第一本有關中國的書《共產主義下的廣州：一個省會的規劃與政治(1949–1968)》(*Canton under Communism: Programs and Politics in a Provincial Capital, 1949–1968*)，此書對共產中國作了很細緻的社會學的分析，在眾多「中共」研究的著作中，佔有一席地位。1979年，他的《日本第一：對美國的啟示》(*Japan as Number One: Lessons for America*)橫空出世，聲名大振，讀者已遠越學術社群，隱然成為日本研究之大名家，此書使他名利雙收(他曾對我笑說，此書未能使他富有)。又十年，他的研究對象又轉回中國，1989年他出版了《先行一步：改革中的廣東》(*One Step Ahead in China: Guangdong under Reform*)，他特地送贈我一冊，扉頁上寫：「To Ambrose, one of my teachers about Hong Kong, for many years of friendship」，讀後我在致謝中讚他「One Step Ahead in China Studies」，讚他洞燭機先，看到並掌握到中國在鄧小平主導的改革、開放政策下十年中所發生的歷史性變化。

1989年「六四」大悲劇之後，傅高義沒有停息他的研究與出版：1990年出版 *Chinese Society on the Eve of Tiananmen: The Impact of Reform*(與Deborah Davis合編)，1997年出版

Living with China: U.S./China Relations in the Twenty-First Century，以及2002年出版*The Golden Age of the U.S.–China–Japan Triangle, 1972–1989*（與Ming Yuan和Akihiko Tanaka合編），從這裏我們可以看到美國、中國、日本的彼此關係，進入傅高義研究視域的重心。

誠然，2011年，傅高義出版《鄧小平時代》一書，無疑是他中國研究的一個新高點，此書對中國三十年改革開放下的變化作了一全景式的觀察，並充分闡明了鄧小平作為一總設計師，在中國大轉型中的歷史地位與意義。傅高義這本書出版後，洛陽紙貴，中文書就銷逾一百萬冊，受到的關注度與影響力，足可與他的《日本第一》一書相提並論。一個美國學者，能分別在當代中國與日本研究中都取得里程碑式的成就，當世未見有第二人。

《鄧小平時代》一書後，又以十年的時間，傅高義教授以九十高齡，再完成五百頁的《中國和日本：1500年的交流史》大著，實不能不説難能而又可貴，《中國和日本》是傅高義第一次運用歷史社會學的觀點，第一次以同一書論述中、日兩國一千五百年的交流史。此書之作，起因於他見到近十年來，他鍾情心儀的中、日兩國的關係日見惡化，兩國的政治劍拔弩張，兩國的人民對彼此之惡感升至二戰後歷史新高。作為中、日兩國的一個朋友，傅高義深感他有一種「特殊的責任」，應該為兩國關係的改善，盡一己之力。傅老盡力之所在，便是寫了《中國和日本》一書，他之勸善之道，便是要中、日人士「直面歷史」（facing history）。他認為從中、日一千五百年的交流史來看，中、日兩國之對立，甚至敵對，不必是歷史的常態，更可以說是不正常的。也指出在一千五百年中日的交流歷史中，中、日還多彼此為師為徒，彼此互相欣賞、互相敬重的歷史畫面。老子說，「知人者智，自知者明」，傅高義老教授相信中、日人士能從歷史中認識自己（自知者明），也認識對方（知人者智），從而他覺得中、日兩國對於對方，應道歉的道歉（日對中），應感謝的感謝（中對日）。鑒往知來，傅高義期望中、日兩國，各美其美，美人之美，開啟和平合作的新起點。

傅高義教授一生從事中國與日本的研究，由於他的勤勉不懈，深厚學養，虛懷若谷（他每事問，永感不足），更由於他對研究對象（中、日）的敬意和極大的同理心，使他成為東亞研究的一位權威學者。我認為他最大的滿足應該是親眼看到中、日兩國都是在他研究過程中，由窮困的國度轉變為世界第二、第三大經濟體，而他的最大希望則是中、日兩國能和平合作，都成為構造亞洲，乃至世界新秩序的正能量。

傅高義這位老人，其學可佩，其心可敬，我有生之日難忘二度與他同台歡談之樂。

2020年12月

有緣有幸同半世

追念一代史學大家余英時大兄*

8月5日上午十時許陳方正兄來電，說余英時先生走了。他說是剛才余夫人Monica（陳淑平）通知他的。Monica打電話給金耀基，電話不通，接著就致電陳方正。我聽後震撼難過，隨即打電話到普林斯頓余府，Monica電話中平靜地告訴我，余英時於8月1日晨（美國時間）在睡夢中安詳去世，火化後已安葬於普林斯頓他父母墓園之旁（墓碑待立）。她說，7月31日午夜我與余英時通話是他生前最後的說話了，內子元禎在身邊，黯然無語，我也只說了要Monica保重的話。Monica是名門淑女，在我夫妻眼中是一位堅強明理能幹的女性，余先生入土為安後，她已收拾心情。她說余英時是「無疾而終」，是有福氣的，在居留海外的學者中，他是幸運的。

掛了電話，元禎靜默地看著我，我歎了口氣，沉沉痛言：「這就是人生！」是的，8月1日近午時分（香港時間）

---

* 本文原刊於《明報月刊》2021年9月號，頁18–23。

我與英時大兄有一次通話。近月來，我們有幾次通話，每次他都會說，疫情不寧，老朋友見面已難，多通通電話，大家保重。這一次通話，說的也是些保重的話，我覺得他很疲乏，有的話也聽不太清楚，我也不忍要他說大聲些。通話後，我對元禎說，我覺得余先生有些無力，說話也不似平時般清晰，我說我是有點擔心的。但是，我是絕想不到這會是我們最後的訣別，我是絕想不到他當夜上床後就在睡夢中離開人間了。

8月7日，Monica來電，說普林斯頓大學為余英時降了半旗，一代學人余英時已走進歷史。

意趣形象仍栩栩如生

這幾天，有不少日常事務要做，生活與往日無異，但獨坐書齋，每想到我再也不能拿起電話與英時大兄有那怕是一分鐘的交談，我感到的是無比的失落與自哀，這使我記起錢穆先生的一段話：

> 朋友的死亡，不是他的死亡，而是我的死亡。因為朋友的意趣形象仍活在我的心中，那是他並未死去，而我在他心中的意趣形象卻消失了，等於我已死了一分。

英時大兄走了，人天已經永隔，但英時大兄的意趣形象在我眼中栩栩如生；他贈我的書，他給我的信，稍一翻閱，便覺他的言行容貌如在面前。余英時長我五歲，高我小半輩，我常以先生稱呼他，並尊其為大兄。余英時專志於歷史學，我則以社會學為志業，但因余熟悉社會學，我喜歡歷史，而彼此所關注的是中國文化與中國發展，故我們的興趣時有交集，且多共同語言。原來我們有各自的人生軌道，但我們的人生軌道卻在香港中大的新亞書院相接。1970年我自美到中大新亞執教，余英時在1973年自美回港，擔任母校新亞校長，1973年我們在新亞由彼此有所聞而成為相識(我們第一次見面時他語我早就看過我1966年出版的《從傳統到現代》一書)，1974到1975年，我們共同參加中大成立以余英時為主席的「改革小組」(全名「教育方針與大學組織工作小組」)。小組成員有馬臨、邢慕寰、陳方正、傅元國等人，小組的任務是為大學的未來發展提出具體建議，重中之重是要對大學本部與書院之關係作新的定位。

無疑地，小組的改革任務不止是技術性的，它涉及到理念、價值觀以及權力與利益，故小組成員(特別是主席余英時)從不低估任務的艱難，但各人都覺得義不容辭；並且深深以為可以為大學(當然包括各書院)做一件極有意義之事。是的，小組工作初起之時，校內校外，已是風聲雨聲不絕於耳。小組主席余英時對於新亞書院的感情是眾所周知的，而他確也沒有絲毫輕忽書院的訴求，自始至終，他與小組成員都以達到大學整體發展最大化為思考的依歸。當小組工作完成時，余英時的心地湛然，他確沒有料到小組報告發布後會引發校內校外如此激烈的批評與爭議，尤其是新亞董事會的強烈反對，新亞廣場上甚至出現了道德性的言詞譴責改革小組，特別是小組主席余英時。無可諱言，改革小組的工作是失敗了，余英時個人更受到極大的誤解與委屈。但我必須指出，改革小組的重要建議，後來為第二個《富爾頓報告書》所接受，實行以來，中文大學近四十年中取得了巨大發展。改革小組解散之時，我並無灰心，只對古人「理未易明」的道理深有體會了。而在改革小組所經歷的煉獄式的過程中，我有機會深刻貼近地認識了余英時這個人，他的公心、正直、寬厚及與人為善的處事作風，我是由衷地欣賞與敬佩的，我們由「戰友」變成了「無不可與言」的知己友好。新亞三年，我們由相聞而相識，由相識而相知相重。工作小組結束後，我與家人去了劍橋大學（我以訪問學人身分在英國劍橋十個月，在美國的MIT二個月）。安定後不久，余英時大兄與Monica及兩個女兒來劍橋看我與元禎，余金二家頗得共遊劍橋之樂。在天清地寧的劍橋，余英時已把改革小組的事置諸腦後，心安理得地回返美國劍橋的哈佛，做他喜愛的教研著述。

上世紀七十年代劍橋別後，余英時與我，雖然相聚時少，分別時多，但七十、八十、九十年代，記得我們在美國緬因州、紐約市、新加坡等地數次在國際學術會議上碰面，在台灣則多次在各種會議中歡談，九十年代到本世紀初之十餘年，更定期的在院士會議（二年一次），蔣經國國際學術交流基金會董事會（每年二次）見面，會後聚晤都在酒店客房品茶吹煙（我未見余英時吞煙，暮年之際他已遵醫戒煙），傾懷暢談，餘念不已。2014年，余英時獲第一屆歷史學「唐獎」，我與元禎受邀出席頒獎盛典，那一次是英時大兄最後一次去台北，記憶中也是我與他在東方最後一次的歡聚。

長年以來，余英時在美國，我在香港，但憑著「見信如面」的書信和萬里聞聲的電話，兩地雖大洋遙隔而愈覺友情之可貴。2004年3月他在信中說：

> 弟年歲愈高，愈覺人間最難得者唯親情與友情耳，其他皆為浮雲過眼，不足惜懷。

暮年之際，彼此關懷，益增思念，今年英時大兄九十一歲，我八十有六，真是「老友」了。7月31日午夜我們的最後一次通話，正是友情老了後平淡的關懷。

我與英時大兄半世紀的相知相交，是有緣，也是我一生中的幸事，深感「有緣有幸同半世」。

師從錢穆的史學之路

余英時在第一義與最後義上，是一位歷史學家，英時大兄之走上史學之路，與他在新亞書院師從大史家錢穆是一決定性的機緣。上世紀五十年代，余英時在香港五年，正式在新亞上錢先生課不過一年半，但課外請益小叩大鳴，啟發最多。之後在新亞研究所仍以錢穆為導師，遂得深刻了解錢穆的史學道路（「以通馭專」），窺見了治史門徑，並體認到錢先生一生治史的終極關懷（中國文化的存亡)，余英時得之於錢穆夫子者實多，他在〈猶記風吹水上鱗〉之悼錢穆文中有言：「我可以說，如果我沒有遇到錢先生，我以後四十年的生命必然是另外一個樣子。這就是說，這五年中，錢先生的生命進入了我的生命，而發生了塑造的絕大作用。」余先生對錢師的尊崇，終生不渝，師生二人最後都成史學大家，可謂中國學術史上的一大美談。

余英時新亞畢業後，因學識俊秀，被推介到哈佛深造。在哈佛，余英時又進入一個新的學術世界，他飽讀西方史學，直探西方史學堂奧，又旁及哲學、社會科學，眼界更為擴大，在有西方漢學「看門人」之稱的楊聯陞先生指導下，完成〈漢代胡漢交通史〉博士論文，奠定了他在史學上的地位，相繼在哈佛、耶魯、普林斯頓常春藤名校執教。數十年來，春風化雨，培育了無數史學人才，不少學生才華縱橫，已成中國史學界的領軍人物。余英時到了晚年，隱然已是新一代中國史學的北斗泰山。

值得特別一提的是，余英時之成為名重海內外的當代史學大家，與他七十年代重返香港，決定此後以中文著述一事有關鍵性的關係。他曾語我：「我寫的是中國史學，做中國研究的外國學者應該會讀中文的。」余英時自認用中文書寫遠為舒暢稱心，他的文才與史才都是第一等的，與錢穆一樣，他倆都是文史雙修，相得益彰：自七十年代後，余英時的中文著作如井噴式的出現，一部接一部，不但史識亮卓，而且文彩煥然，無一部不風行於華文世界，他的重要著作：《史學與傳統》、《歷史與思想》、《士與中國文化》、《中國思想傳統的現代詮釋》、《重尋胡適歷程：胡適生平與思想再認識》、《中國近世宗教倫理與商人精神》、《紅樓夢的兩個世界》、《陳寅恪晚年詩文釋證》，以及鉅製《朱熹的歷史世界：宋代士大夫政治文化的研究》與2014年出版的《論天人之際：中國古代思想起源試探》的思想史扛鼎之作。讀者可以見到他治學方面之廣、深，可謂通古今，兼中西。難能可貴者，他在思想史上，每每有意無意中開闢了研究的新領域，並對歷史的老題目，以當今的學術觀點作全新的現代詮釋，這當然顯出他的書寫與五四時期的學術趣旨有所別異，與乃師錢穆的著述也有不同的史學風貌了。在根本的史觀上說，余英時是傅斯年的科學史觀外，別開生面，治史之目的不求歷史的「規律」，而在深探歷史的「意義」。他的百千萬言的史學論述，不啻為現代詮釋學史學開闢了一片漢學的新天，這就宜乎余英時在2006年獲美國有「人文諾貝爾獎」之稱的「克魯格人文終身成就獎」及2014年獲頒台北的唐獎第一屆「漢學獎」了。

胡適、殷海光、余英時

余英時先生筆耕一生，終老不止，在我眼中，他是「我書寫，故我在」的一位學者，英時大兄的書寫多彩多樣，最可見他的人文興趣之廣、人文關懷之多與人文修養之深。他能寫《朱熹的歷史世界》這樣的皇皇巨制，也會寫《紅樓夢的兩個世界》這樣的紅學文章，而最令人驚艷的是他寫《陳寅恪晚年詩文釋證》。余英時以他特具的詩心詩才，一一破解了陳寅恪所寫一個典故包著一個典故、充滿隱喻的詩文的密碼，一一呈現還原了這位近代大史家九曲迴腸的心理世界。余英時之能寫出如此石破天驚的名篇，是因他有寫詩的「別才」(他曾語我，錢穆夫子就曾說他有此「別才」)，我記得科學與人文雙修的陳之藩兄，不止一次對我表示，他真羨慕余英時寫古詩的本事。

當然，在諸種書寫中，余英時最風動當代的是他一篇篇彰揚、守護民主自由的淩厲文章。在這方面，他頗像胡適。胡適終其一生，從沒有動搖他對民主自由是文明社會基石的信念，余英時是「後五四」時代的「知識人」(他不喜歡「知識分子」的稱謂)，他對五四新文化運動有批判，也有繼承。他批判的是五四反中國傳統文化的激進主義，他繼承的是五四倡導的科學與民主，民主、自由是他一生信守的基本價值，余英時與五、六十年代台灣的殷海光一樣，都是真實的自由主義者。胡適、殷海光、余英時是百年來中國自由主義具標桿性的人物，他三人都是學者，都不從政，卻從不忘論政。這是現代知識人的公共關懷，也是中國讀書人「為生民立命」的偉大傳統。我生也有幸，與這三位非凡人物都曾在這世上遇見。我不識胡適，但我在學生時代，讀他與梁任公的書最多，並親耳在台北聽過他兩次演講，一派學人風範，依稀可見五四當年光采，他去世後，我曾撰長文悼念；殷海光先生是我台大老師，但未上過他課，殷先生晚年因看了我的論現代化之文，囑陳鼓應、陳平景到商務印書館邀我到殷府喝咖啡，自此與殷先生成為忘年深交，殷先生於我是平生風儀兼師友。余英時未見過胡適，因寫《重尋胡適歷程》，成為胡適的隔代知音，余英時也未見過殷海光，但他曾在以殷為主筆的《自由中國》發文，對殷海光自有會心。與英時大兄相處時，我們多次談到胡適、殷海光兩位前賢。

翰墨之緣

我與余英時先生的半世交往，可記之事甚多，但就我個人來說，自2004年中大退休迄今的十七年中，最難忘的是他多次對我書法的評論和鼓勵。

我退休後第一時間就拿起毛筆，重新踏上少青年時代開啟的「翰墨之道」。一年後，自覺我的書法已有些「書趣」，遂寫了一幅送贈英時大兄，因為我一直認為他與錢穆夫子都能寫一手好字，並且也喜愛書法。2005年8月他來信說：「前日收到墨寶，暢酣淋漓，既感且佩，弟早知兄深具文學與藝術秉賦，今稍稍臨池，書法天才即破繭而出，誠所謂賢者無施不可也……」英時大兄這樣的話對我是很大的鼓勵。2007年2月英時大兄來信：

> 今天收到賜寄我筆四枝，感激之至也歡喜之至。兄是最可靠的真朋友，一托便立即勞神費力，以最高速度辦成。弟在今日亦唯有得之於吾兄也。前承賜墨寶，已見兄法書遒勁，前幾天又看到兄為《香港近代中國史學

> 報》署簽，龍飛鳳舞，不勝欽羨之至。細看筆法，又無意中發現兄所用之毛筆似亦不凡。工欲善其事，必先利其器，古人誠不我欺也。筆史有一說，王羲之所用之筆，後世亦失傳，故後人不能追摹，此未必可信，然亦未可忽也。近來弟頗有人索書，向來所用之筆已舊，故為此不情之請，尚乞勿罪……

2010年余英時在香港牛津大學出版社出版《中國文化史通釋》，要董橋兄作序，要我題簽，我們當然遵囑。英時大兄在出版後記中說：「慨然接受了我的懇求，董橋兄的序文和金耀基兄的題簽不但使本書熠然生輝，而且讓我深切感受到數十年友情的溫暖。」余英時心中最重的就是友情。

我八十歲之年(2015)寫了一幅李白的〈贈孟夫子〉寄給萬里外的英時大兄，蓋欲借李白詩以表我對「余夫子」(是年他八十五歲)之遠念也。他收到我書之長卷時，他在越洋電話中說：「兄書有一家面目」，並說，「我雖不善書，但我是懂書的」。其實，英時大兄絕對是「善書」的，看他贈我的書法條幅，圓勁秀挺，有「讀書萬卷始通神」的筆墨，他的自謙自信，一如東坡居士所云「吾雖不善書，曉書莫如我」。

2017年3月，香港集古齋的趙東曉博士為我舉辦一場「金耀基八十書法展」，是年我八十二歲，是我父親逝世之年齡。父親是我書法的啟蒙師，他對我是有期待的，我之舉辦此次書法展，實有對父親作一交代之心。開幕式中，萬想不到在董建華先生致詞後，輪到主禮嘉賓董橋講話時，他從口袋中緩緩取出一紙，竟然是宣讀了余英時託他宣讀的一封賀書：

> 耀基兄的書法是他藝術人生的最圓滿的體現，卻一向為他的學術志業所掩蓋，退休以來十餘年間，書法竟成為他的生活中心，勤習之餘，卓然成家，海內外雅好金體書的人，於是也越來越多，但是我不願將書法從他人生中完全孤立出來。藝術精神貫穿在耀基兄的全部生命之中，書法不過是其中的一環而已。事實上，不僅他以「語絲」為名的所有散文是藝術的化身，而且他在百萬言的學術論述中，也時時流露出藝術的光芒。我們相交四十多年，在記憶中，每次晤聚都自然而然地引出我發自內心的愉悅，好像經歷了一次藝術欣賞一樣，我在室中走動，偶爾看到他贈我的條幅，但我所見到的卻不是書法，而是書法家本人。賀　金耀基兄八十書法展，敬煩董橋兄代為宣讀。
>
> 余英時
>
> 2017年3月14日

余英時先生對我的為人治學，特別是對「金體書」毫不保留的讚譽，詞真而美，意深而切，非深知我、厚愛我者，不能有此文墨。英時大兄這篇從天而來的賀書，非我事前所知，特別令我感動。其實，他對我之厚愛，常不語我知。1994年，我當選中央研究院院士，但事前他與許倬雲、李亦園等院士聯名提我為院士候選人之事，我卻全不知情。

今年(2021)新春時節，我寫了一幅蘇東坡的《蝶戀花》贈英時大兄，3月15日，他寄來一短信和一本英譯本《中國近世宗教倫理與商人精神》，信中寫道：

耀基兄元禎嫂：

恭賀新年，英時淑平同拜。

承耀基兄書贈東坡蝶戀花名幅，不勝驚喜。耀基兄已成書法大家，真所謂「一字千金」，弟得此榮賜，不知何以為報，唯有置之案頭，時時賞玩耳。寄上英譯本拙作一種，聊以為友情之紀念……敬祝

撰安

弟　英時手上

2021年3月15日

這是我收到英時大兄的最後一信(平時多用電話，4月18日給我的是唯一的「傳真短簡」)，摩挲手跡，滄然無語。我們相交四十八年，有過無數次的歡快之聚、有緣有幸同半世，何其美哉！但如今英時大兄已駕鶴仙去，走進歷史，融入星空。我再無與他論書談天樂，問蒼天蒼天不語，何其痛哉！我不由又想起錢穆夫子之言：「朋友的意趣形象仍活在我的心中，那是他並未死去，而我在他心中的意趣形象卻已消失了，等於我已死了一分。」有緣有幸同半世，畢竟也帶有我無比的遺憾和自哀，這就是人生。

2021年8月

余英時與中國文化的人文精神

一

2021年10月30日香港中文大學新亞書院舉行「余英時教授追思會」。余英時先生是新亞書院第一屆畢業生，他更是創校校長大史學家錢穆夫子的入室弟子，並自此走上史學之路。新亞畢業後，渡洋到美國哈佛大學深造，在七十年的時間裏，余英時先後在哈佛、耶魯、普林斯頓等學府講學研究，培育許多新一代的中國史學俊才；而著書立説百千萬言，名重海內外，蔚為當代中國史學之北斗、泰山。余英時於2021年8月1日逝世於普林斯頓寓所，享年九十一歲，無疾而終，普林斯頓大學降半旗致哀三日。

新亞書院對余英時這位傑出「新亞人」當然有許多追思。我今天想説的是，余英時一生著述，多彩多樣，但他的書寫始終有一個中心關懷，那就是中國文化中的人文思想、人文精神，而這正是新亞書院創校、立校的文化理念，也即是錢穆夫子當年提出的「人文本位的中國文化」的理念。基於此，我寫〈余英時與中國文化的人文精神〉來追念我「有緣有幸同半世」的老朋友。

二

余英時去世後，《明報月刊》2021年9月號出了一專輯：〈一代文化巨星的殞落：敬悼余英時先生〉。《明報月刊》不以「史學巨星」而以「文化巨星」來稱謂余英時，實際上是十分貼切的，因為整體上說，余的思想史著作，都有探索、詮釋、彰揚中國文化的意涵，而更深入地看，他所彰揚的則是新亞書院所標舉的「人文本位的中國文化」，即是説他著墨最重的是中國的人文傳統或中國的人文精神。創立新亞的三子之一的哲學家唐君毅先生對中國的人文思想闡發極多極透，唐先生指出文化中有人文、非人文及反人文三種思想，新亞諸先輩所發揚的是「人文」思想，而所揚棄的則是「反人文」思想。唐君毅所著的《中國文化之精神價值》是一本體現中國人文精神的傑作，英時大兄與我不止一次談到此書並信必可傳世。余英時之人文思想自亦有受新亞唐君毅教授之影響。唐先生去世，哲學大師牟宗三先生撰文尊唐先生為「文化巨人」。余英時日後為唐君毅銅像所作讚詞，充分顯示他對唐先生的敬仰之情。

五十年代，余英時在新亞五年（包括本科與研究所），師從錢穆夫子，課內課外，受錢夫子之啟發最深。錢夫子於1990年離世，余在〈猶記風吹水上鱗〉悼念錢師一文中說：「這五年中，錢先生的生命進入了我的生命，而發生了塑造的絕大作用。」毫無疑問，錢穆的學術思想亦在余英時身上留下烙印。那麼錢夫子學術思想的終極關懷是什麼呢？余英時在第二篇悼念錢師的文字〈一生為故國招魂〉中闡明了錢穆的「學術精神」。錢夫子的學術精神就是「為故國招魂」。在他心中，中國的「魂」就是「中國歷史精神」，就是「中國文化精神」。其實，錢夫子所説的「中國歷史精神」或「中國文化精神」，也即是「中國的人文精神」。我發現錢夫子有時直以「人文」作為「中國文化」的別名。錢夫子在逝世前二年，曾作一春聯：

塵世無常，性命終將老去。

天道好還，人文幸得綿延。

錢穆夫子一生著作等身，他的「天鵝之歌」，也即他離世前最後絕筆一文〈天人合一觀〉(此文後以〈中國文化對人類未來可有的貢獻〉為文題)，在1990年9月26日發表於台北《聯合報》副刊)。他以最平白的文字作了詮釋：

中國人是把「天」與「人」和合起來看。中國人認為「天命」就表露在「人生」上。離開「人生」，也就無從來講「天命」。離開「天命」，也就無從來講「人生」。所以中國古人認為「人生」與「天命」最高貴最偉大處，便在能把他們兩者和合為一。離開了人，又從何處來證明有天⋯⋯我以為「天人合一」觀，是中國古代文化最古老最有貢獻的一種主張。

錢穆夫子(九十四之齡謝世)表示他從前雖多講到「天人合一」觀的重要性，但「現在才徹悟到這是中國文化的總根源」。錢穆夫子是大史學家，他對中國史學之祖司馬遷以「究天人之際」為《史記》撰作的旨趣當然是心領神會的。他的「天人合一」觀顯然與他的學術生命是常相左右的，而到了生死絕筆之際忽然心頭湧現出來，不能自已。他說：

> 我老矣，有此發明，已屬不易。再要作深究，已非我力所能及，只有待後來者之繼續努力。我自信將來必有知我者，待他來再為我闡發吧！

錢老夫子「天人合一」觀發表後二十四年，余英時以極大心力出版了《論天人之際》一書，而此時余先生已是八十四歲高齡的老學者了。余表示：「『天人合一』作為一項思考的範疇，在今天依然是中國人心靈結構中一個核心要素，它也許正是一把鑰匙，可以開啟中國精神世界的眾多門戶之一。」(頁73) 余英時此書從比較文化學的角度，深入探索中國「天人合一」思想的起源，終於得到一個重要的學術論點，即「天人之際」或「天人合一」是中國古代「內向超越」(別於西方「外向超越」) 的思想特色 (頁221)。我不能不說余英時是錢穆夫子心中期待的「後來者」，也不能不說余之二百多頁《論天人之際》是錢的「天人合一」觀的最好「闡發」。余英時的《論天人之際》的專論，「從醞釀到完稿，先後經歷了十二、三年之久。」足可見他用心之深、心力之堅。我特別想說的是，錢穆的「天人合一」觀與余英時的《論天人之際》所彰顯的正是中國文化的人文思想、人文精神。寫到這裏，我不由想起錢夫子手撰的新亞校歌：

> 山巖巖，海深深。地博厚，天高明。
> 人之尊，心之靈。廣大出胸襟，悠久見生成……

三

余英時先生史學論述的性格與取向，最終決之於他的史學觀。我們知道，自二十世紀初以來，中國史學界的主流所信奉的是「科學史觀」。1928年中央研究院的歷史語言研究所成立之時起，傅斯年、李濟、胡適所創導的便是以「科學方法」研究中國歷史的學風。實際上，以尋求「歷史規律」為治史目的之科學史觀當年也正是西方歷史學界的主流信念。錢穆先生之史學早負盛名，但一直不受中研院「科學史觀」學派的待見，直到1968年，傅斯年、胡適已逝世，錢先生才得以高票當選為第七屆中央研究院院士。而此時「科學史觀」在西方史學界亦不再居於壟斷性位置了。余英時在1960年代以後，他表示：「我已不得不放棄『歷史規律』的概念」（余著《論天人之際》，頁4），顯然，歷史所研究的「人的世界」和科學所研究的「自然世界」是不一樣的。余英時說：

> 自上世紀六、七十年代以來，以自然科學的實證方法來研究人文和社會現象的傳統想法已逐漸破產了。就社

會科學而言，很多人都感到實證方法的限制太大，不夠處理「人的世界」中比較精緻的問題。因此詮釋學趁虛而入，出現了所謂「詮釋的社會科學」(Interpretive social science)。

我一直知道，英時大兄對於社會科學，特別是文化人類學、文化社會學，最感興趣，並且有深刻修為。他平生研究的重點就是中國文化，故對文化人類學者格爾茲(Clifford Geertz)以詮釋學立場研究「文化」的解說最為認同，余曾引格爾茲的原話：

> 我相信韋伯(Max Weber)所言，人類是懸掛在自己編織的意義之網上的動物。我把文化看作這些網，所以對文化的分析不是尋找規律的實驗科學，而是探究意義的詮釋之學。

我認為余英時自上世紀六十年代後，他所展開的思想史或文化史研究，已明顯從科學史觀轉向「詮釋學史觀」，亦即他的治史目的已從「尋找規律」轉向「探究意義」了(參考《論天人之際》，頁4–7)。

在這裏我想提一點，余先生之放棄「科學史觀」決不是摒棄科學。科學是他絕對信任與尊重的，他只是認為科學不是唯一的知識，也即不認為自然科學是人類知識的唯一模式。他相信「自然科學的知識模式」以外，還有「人文研究的模式」(余著〈論文化超越〉，收入《錢穆與中國文化》

一書，頁250)。很清楚的，余之不承認科學是人類追求知識的唯一模式，實際上，也是反對「科學主義」的知識觀。誠然，這是上世紀六十年代以來世界學術界批判「科學主義」的一種共識。早在1958年，牟宗三、徐復觀、張君勱、唐君毅聯名發表的〈為中國文化敬告世界人士宣言：我們對中國學術研究及中國文化與世界文化前途之共同認識〉長文對此一問題就有深切著明的論述；余英時之特別標出「人文研究的模式」，實際上一方面是為了反對科學主義知識觀所必然衍生的各種「決定論」(經濟決定論、政治決定論等等)，而另一方面，是肯定「文化」有它相對獨立的「領域」(此是韋伯以來所逐漸建立起來的一種共識)。正因為文化(以規範與價值為主)是「一個相對獨立的領域」，余英時提出了「文化超越性」(也是相對的超越)的理念(《錢穆與中國文化》，頁243–244)，他說：

> 文化作為一種精神力量在今天顯然是無法否認的。放眼全世界，我們到處都看到宗教力量在復活，民族文化(也就是每一民族的文化傳統)在抬頭。這些都是「文化」推動歷史的證明。(《錢穆與中國文化》，頁247)

於此，我們見到余英時的史學論著，都隱約可見「文化推動歷史」的影迹。如《士與中國文化》、《歷史與思想》、《中國思想傳統與現代詮釋》、《中國近世宗教倫理與商人精神》等。最值得注意的是，余英時論中國文化特別著意的是其人文思想、精神世界與價值觀，而不論是思想、精神或價值觀皆一一集中性地呈現在一個個具體的歷史人物上。余英時的《方以智晚節考》、《論戴震與章學誠》、《朱熹的歷史世界：宋代士大夫政治文化的研究》都是有代表性的著作；當然，余將考證與義理發揮得淋漓盡致的則是轟動大江南北史學界、文化界的《陳寅恪晚年詩文釋證》。此書真可說把史學大家陳寅恪晚年九曲迴腸的內心世界一一還原呈現，也充分展現了余英時的詩才與史識。余英時自己有言：

> 更重要的是通過陳寅恪，我進入了古人思想、情感、價值、意欲等交織而成的精神世界，因而於中國文化傳統及其流變獲得了較親切的認識，這使我真正理解到歷史研究並不是從史料中搜尋字面的證據成一己的假設，而是運用一切可能的方式，在已凝固的文字中，窺測當時曾貫注於其間的生命躍動，包括個體的和集體的。

我們知道余英時進入陳寅恪的精神世界，所看到最真切的是陳的「獨立之精神，自由之思想」。陳寅恪是把「獨立之精神，自由之想思」視為可以「與天壤而同久，共三光而永光」的中國人精神的終極意義。誠然，余英時因寫《陳寅恪晚年詩文釋證》而與陳寅恪的生命世界相接、相觸；而陳寅恪的人文終極關懷也成為余英時的價值抉擇了。

最後，我再一次指出，余英時的史學論著，在「科學史觀」外，別開生面，以詮釋學史觀為宗，治史之目的不在「尋找規律」，而在「探究意義」，在這一點上，余英時與乃師錢穆夫子，實多契合。余錢二子在史學取材、主題與書寫格調上均頗多別異面，各有風範，但二子皆以維揚中國文化，特別是中國文化中的人文精神為職志宏願。有趣的是，錢穆夫子晚年的巨著是《朱子新學案》；余英時先生晚年的巨著是《朱熹的歷史世界》；錢余師徒二位史學大家均以朱熹做歷史的大文章；更有趣的是，錢老夫子用的中國史學的舊方法，和余夫子（去世之年九十有一）用西方的詮釋學方法竟是「彼此相通之處甚多。詮釋學所分析的各種層次，大致都可以在朱子的《語類》和《文集》中找得到。」（見余英時〈怎樣讀中國書〉，收入《錢穆與中國文化》，頁310）。錢穆夫子與余英時夫子師徒二位史學大家在朱熹的精神世界中重遇暢談所見的同異，誠中國文化史上一道美麗風景。

2021年9月20日

李沛良（左一）、金耀基（右三）、李亦園（右二）與喬健（右一）
攝於八十年代

高錕伉儷（左）、金耀基伉儷（右）與金文洛（金耀基孫）
攝於九十年代，香港

金耀基（左）、金樹基（右）
攝於1998年，德國貝多芬博物館

傅高義教授（右三）來港參與《中國和日本》新書發布會，出版社宴請傅高義與金耀基教授
攝於2019年11月，香港沙田

金耀基、陶元禎夫婦（橋左）與余英時、陳淑平夫婦（橋右）
攝於1975年，劍橋大學

余英時（左）與金耀基（右）
攝於2012年，香港

殷海光

附錄

悼念殷海光
兼評殷遺著《中國文化的展望》*

我看到殷海光先生這本書的時候，非常驚訝，因為我一直以為他是對中國文化不存好感的，沒有興趣的。在我開卷之前，我又以為在這裏面一定可以看到「全盤西化」式的大主張了。但是，我的猜想錯了，並且錯得很厲害。他在這本書裏所表現出來的態度已完全淘洗了他過去的偏執。不錯，他對中國文化的批評還是很嚴厲的，但隱藏在嚴厲背後的動機不是「破」而是「立」。從他的字裏行間，已不難嗅到他在企圖擁抱中國文化生命情調的高貴質素，已不難看到一份由長期冷寂中孕育出來的超越的清明心態。他給我的印象是，他已戰勝了他自己。這本書可以說是他學術興趣上的一個大轉變，是他思想心態上的一個大突破，我們甚至可以說是他對中國文化問題的研究的「起飛」，毫無疑問，以他的好思

* 原文〈殷海光遺著《中國文化的展望》我評〉刊於1966年4、5月《大學生活》第四、第五兩期

與智慧，他將在不斷戰勝自己的過程中，由「起飛」而「推向成熟」。事實上，當他看到我的這篇書評時，他就表示當此書甫告出版之際，他已不感滿意，而有改寫的計劃了。可惜，像一切悲劇的故事一樣，他竟在學術上正可開花結果的時候無可奈何地離開了這個「恨由愛生」的社會，我相信他是帶著無比遺憾的心情離去的，我更相信他在走向邈遠的世界的當兒一定頻頻回首，一定原諒了這個有負於他的社會，因為在他最後的時日裏，他已高傲得只跟自己為敵了，而他也已戰勝了他自己。

五年前當我寫《中國文化的展望》的書評時，這還是他的「新」著，而現在卻已成為他的「遺」著了。撫書念人，蒼涼無語。我對此書的看法已見之於此書評，現在也不想有所增刪。我在此只想加一句話。不管此書將來的評價如何，它將永遠是一個見證：一個偉大中國知識分子追求中國現代化的學術良心與道德勇氣！

耀基誌於1971年1月

一、幾句先想說的話

中國文化幾千年來，在本土一直都沒有引起過什麼疑問，更沒有激起過什麼論爭，這是因為中國文化像空氣一般不自覺地存在著，而每一個生存在這個文化氣候裏的人，都多多少少是受這個文化所薰染，所塑造的，總之，人類學者、社會學者告訴我們人都是為文化所制限的。因此，在這個文化自身沒有發生問題之前，人眾不易自覺地對這個文化產生疑問，更不會引起爭論。因為一個文化所塑造、所限制的東西，不可能，至少絕難超過這個文化本身。

但是，中國文化在歷史上卻產生過兩次疑問，激起過兩次論爭，一次是隋代(可以追溯到漢代)印度佛學傳入後引起的，另一次則是清末(雖然可以追溯到明代)西方思想東來後引起的，這是什麼道理呢？簡言之，因為中國本土文化遭遇到外來文化的「衝擊」，中國文化的價值系統遭受了被強迫轉變的壓力，因此本土文化裏的人眾，就會很自然地對自己的文化產生疑問，而當兩個不同價值取向的文化碰頭的時候，它們的優點與弱點就會同時或多或少地陳露出來，這樣，本土文化裏的人眾，也就會很自然地激起一個文化「誰優誰劣」的論爭來。印度佛學的傳入，雖然會引起論爭，但由於佛學思想與中國本土文化(包括黃老、儒墨等)的衝突層面不大，這兩個文化也就在沒有太多破壞性的結果下調適了，中國文化可以說很成功地借取、選擇了佛學的思想，將其納入了中國文化的架構裏去，因此，用湯恩比(A. Toynbee)的「挑戰—回應的型模」來說，中國文化對印度文化的「挑戰」有了很成功的「回應」，中國知識分子間的那一次文化論爭也沒有延續得太久，戰火也不十分旺盛(韓愈諫迎佛骨可算是最具火爆性的)。可是，清末西學東來，由於「歐風美雨」給中國文化的衝擊太大，使中國文化的大殿，棟折梁崩，它與中國文化的衝突層面既廣又深，使中國產生「三千年空前未有的奇變」，中國文化幾乎完全喪失了自由「借取」與「選擇」

西洋文化某種優點的能力，而只有無可奈何地被迫地走向步步退卻的道路，而形成社會文化的「解組」現象，我們要知道，其所以如此，主要是中國文化與西洋文化的「文化取向」有著絕大的差異。西洋文化的基本價值系統幾乎完全超出了中國文化的適應極限，可是，這個文化學上的問題，不是當時的知識分子所能認識的，而當時西方文化之東來卻是靠著「堅船利炮」而敲叩古中國大門的，這很自然地使西方文化與「船炮」被認為同一物，因而給予中國知識分子聊以自解（或理直氣壯）的藉口，即中國文化是敗於船炮，而非敗於文化之不如人。這實在是一極遺憾的「歷史的偶合」，這項偶合是西方文化之東來不幸與當時西方政治上及經濟上的擴張主義、侵略主義結合，這實在是西方文化的一變態或病態，但這一變態或病態卻被認定為西方文化的全貌，這一現象給予中國知識分子「自我防衛機構」的一項抗拒的最佳理由，即西方文化並不足取，但為了保種衛國，西洋的技器卻不能不用，於是乃有著名的「中學為體，西學為用」的口號出現，這一口號曾被多次改換為廉價的「折中主義」或「中西合璧」主義。另一方面，一些震於西方文化的衝擊力，但又昧於西方文化本質的人，乃自然地走上盲目的「全盤西化」之路，並與「反偶像主義」結合，他們在中國近代史上與另兩派（死硬的反洋主義及廉價的折中主義）演成三大鼎立的勢力，而百年來，中國文化上的論爭很少能跳出盲目的「全盤西化」派、死硬的保守派及廉價的折中主義三派的範圍（只有一部分的西化派及保守派是能夠突破這三個圈子的)。我個人以為這沒有別的理由可說，唯一可說的是這三派人物都在「認知」上犯了殘缺症，厚道一點地說，不論全盤西化派、死硬的保守派，及廉價的折中派，在道德上都是不壞的，但在理論上卻不是偏失就是錯誤。因而，一百年來，中西文化的論爭儘管非常熱鬧，從清末到五四，從五四到今日，這個論爭雖曾衍化為許多可笑的形態與滑稽的面貌，但骨子裏，仍然不脫「訴之情緒」的模式(陳伯莊先生認為這些都是童年的興奮)，許多皇皇大論，固然可以贏得許多喝彩之聲，但如把他們的言論予以「煮乾」，則可發現其大半是一些濫調與遊談。

二、一部具有認知意義的書

討論文化問題，談何容易，但中國知識分子向來慣於清談、玄談及做大模大樣的策論性文章，因此，他們可以憑「想當然」的神馳意遊的本事，大做其中西文化的文章，有的可以把中國文化「理想化」為一「自足的體系」，有的可以把中國文化「醜化」為一無是處的「斷爛朝報」，前一陣子的「中西文化」論戰，赤裸裸地陳示了中國知識分子的「君子風度」與「學術水準」，據我個人所看到的雙方論辯水準，較之五四時代實在只有五十步與百步之別，而論爭風度則顯然「一代不如一代」。嚴格地講，文化問題是一個複雜得足以令人止步的題目，而像中西文化這樣的大題目，更是棘手，人類學家雷德菲爾德(R. Redfield)

與辛格(M. Singer)就曾指出，即使像湯恩比及諾浦(F. S. C. Northrop)二人所陳示的觀點也是不能令人滿意或接受的。誠然，社會文化是一「全系統」(total system)，它的複雜的性格有一種「多變項的因果關係」，因此我們不能拿古人所陳設的理想來代表中國文化，我們必須拿經過了「社會化」與建構化的文化現象作為分析的對象來幫助我們發現問題，但我們卻不能效法亞歷山大用劍劈開戈迪安結子來解決問題。近年來，我已漸漸養成一種看空洞長篇文字的耐心，因為我總是盼望我能找到一本能談出點「道理」來的書，但大都總是以希望之心情開卷，而以失望之心情掩卷，直到前幾天我看到殷海光先生的《中國文化的展望》一書時，我才算得到了一點安慰。我很願意堅定地說這是五四以來一本談文化問題具有認知意義且觀念已經走向成熟的書；這本書的確說出了些什麼，也解答了些什麼。不折不扣地，這是討論中國文化問題的一個新的里程碑。這是我願意嚴肅地為這本書作書評的原因。

甲、本書的特色內容

這本書的特色是：本書系以一準系統(system-like)的模態展開的，我雖不敢說作者的準系統是否已在本書中成功地建立起來，但我敢說，他是很認真嚴肅地照著他本書前面所陳示的所設部分(given part)而層層推展開去的，這種寫法，在我們討論一個複雜的問題的時候是有其必要的，在西方的學術性著作中，這是屢見不鮮的，但在中國則尚少見到，我以為要使問題有清晰地展露的機會，這種方式是值得採用的。(當然不是一件便宜的工作。)

這本書包含上下兩卷，厚達八百六十八頁，共十五章，我現在為了使讀者易於了解其全面貌起見，特將章目陳列於下：

第一章　天朝型模的世界觀
第二章　什麼是文化
第三章　文化的重要觀念
第四章　近代中國文化的基線
第五章　中國社會文化的激變
第六章　一個長久的論爭
第七章　保守的趨向及其批評
第八章　自由主義的趨向
第九章　西化的主張
第十章　中體西用説
第十一章　現代化的問題
第十二章　民主與自由
第十三章　世界的風暴
第十四章　道德的重建
第十五章　知識分子的責任

從前述本書的章目中，我們不難看出，「這本書的主題是論列中國近百年來的社會文化對西方文化衝擊的反應。以這一論列作基礎，試行導出中國社會文化今後可走的途徑」(見本書序言)。這一份工作，可說是百年來中國知識分子的第一個關心的問題，從嚴復、胡適、梁漱溟、張君勱等先生以降，他們的努力大都環繞在這個題目上旋轉，這個問題實在消耗了中國知識分子太多的心血。我們不能否認，在這幾十年中，也的確出現過許多健康而有見地的議論，但是中西文化的問題始終在層層迷霧中打滾，而看不清一個清澈的方向，中西文化的論戰變成個人追逐虛聲的最佳且最便捷的道路，個人所提出來的見解，上焉者只能算是個人「意見」，下焉者則只是「意氣」而已，但都逃不出主觀的「價值判斷」的格局（當然，價值判斷是不可能完全避免的，但這並不是說我們可以把「是什麼」與「應是什麼」混為一談，否則我們將分不開什麼是「可能的」與什麼是「可欲的」）。這樣子談中西文化，自然說不了什麼，更解答不了什麼，而殷海光先生這本書則已經謹慎地擺脫了價值判斷的思想方法，能進一步用經驗的解析的態度面對問題，唯有以經驗的解析的態度來看中國文化問題，才能就事論事，撥開時俗流行的價值觀念之霧，發掘真相，解決問題，這就是本書所以能具有認知意義的原因，同時，唯有能擺脫情緒的鼓動，才能做到「是山還它一山，是水還它一水」的田地，這樣才能趨於學術與思想上的成熟。

乙、本書的優點

這本書的優點是隨著它的特色而來的，但是，在這本書中所展露的銳見與洞識力則是因作者的學力與艱苦的思考而得，在這本書中，我們隨時可以看到作者的創發力的顯露與運思默識的痕跡。現在我願意就本書的最特出的優點分點加以論敘。

（一）本書第一個優點是把中國文化的問題、中西文化的衝突問題放到一個世界的架構裏去思考，這樣一來，我們的視野擴及了全世界。作者說：「近幾十年來，有許多中國文化分子把西方近代文化對中國文化的衝擊說成『文化侵略』⋯⋯許許多多中國文化分子總覺得西方勢力專跟中國作對，這種印象的形成，除了西方文化勢力對中國文化的衝擊力所造成的一般中國文化的挫折和不安等原因以外，是由於中國文化分子的視野不夠開闊，只看見西方近代文化跟中國文化之一對一的遭遇，而看不見西方近代文化擴張時跟世界許多文化之一對多的遭遇。」（頁441）同時作者還用麥克尼爾（W. H. McNeil）在《西方的興起》一書中的一幅圖解來說明西方文化與非西方文化「一對多」的衝突的事實。這一個處理，實在是作者的深思之處，它可以解除中國文化分子許多不必要的情緒傷感與「種族中心主義的窘困」，而認清「中西文化的衝突」是怎麼回事。關於這點，筆者年前曾寫〈傳統社會的消逝〉一文，介紹社會學者冷納（D. Lerner）的思想，說西方文化如何促使地球上的「傳統社會」向現代社會演進，也正是同一努力。我以為我們能把握這個認識，那麼，我們才可以不會把「是什麼」與「應怎樣」的問題攪混在一起，在時人的作品中，容或也有談到這一點的，但大都是「不自覺」中談的，殷先生這本書則是自覺地著筆的。

(二)本書第二個優點是作者所用的方法的正確。方法論是做學問中最基礎也最重要的一環，古人說「工欲善其事，必先利其器」，正是這個意思，但是國人的著作中很少措意於此，也因此常常發生未能「操刀」就來「割」的現象，這可以說是中國式的學者的文字流於濫、流於混亂的主要原因之一。作者雖沒有在本書中陳明他所用的方法，而只簡略地說出他的運思為學係以現代邏輯、經驗論、實用主義以及必要的價值觀念為主導，但是，筆者從他全書所展現的內涵及方法來看，他顯然是採用了現代的行為科學的方法的，特別是他採用了行為科學學者所重視的科際整合的方法。作者所陳述的觀點，論證大量地採用了心理學、社會學、人類學、民族學、精神分析學等一般公認的知識作為基礎，而摒棄了憑空的玄想與主觀的獨斷，邏輯解析可以使我們不至於跌進玄思的迷宮，而經驗科學的整合的方法則可以使我們的論點迫近科學的真實。說句實話，自五四以來(五四以前不必談了)的文化論爭大都是空談與遊談；其所以如此，實由於任何一方面所提出來的論點都是個人的意見(claim)，而不是經驗的事實，他們談文化問題大都脫不了過去「策論」性的模態。要知道，談普通問題憑普通常識、靈感還可以充充場面，一涉及文化問題就不免流於浮淺了；要談文化問題，起碼需要具備現代的科學(特別是行為科學)的知識。到現在為止，人類的智慧還沒能建立一個「統一的文化科學」(a unified science of culture)，所以我們不能不努力地從各個學科中去發掘必要的知識，以為討論的基底。中西文化的衝突，嚴格說來就是一社會變遷的問題，要了解社會變遷的原理，我們就不能不了解人類學者所研究的文化與原初社會，社會學者所研究的社會結構以及心理學者所研究的「人格形成」等，基此，海根博士（E. E. Hagen）在其大著《社會變遷的原理》（*On the Theory of Social Change*）中就強調了科際整合的必要性。而他的大著就是建立在這個知識基礎上所展開的「系統分析」。「系統分析」的方法在物理科學中已普遍使用，我們要想了解社會科學中各現象的因果關係就不能不借助於此，殷著雖沒有非常成功地達到此點，但他已庶幾乎近之了。

（三）本書的第三個優點是本書的寫作是以現代的邏輯解析訓練為主導，因而，他所陳示的「准體系」可說是一個「分析的型模」（analytical model）的建立。當然，「分析型模」的建立在社會科學中是非常困難的，因為除非我們能理解並掌握社會現象的各種「功能的關係」（functional relationship），否則我們幾乎無法著手。殷著似乎懷有了這樣的野心，雖然他的成功並不十分圓滿，無論如何，我們應欣賞他這種孤冥苦思的努力。譬如第二章，他以全章來寫「什麼是文化」，在這章中他又絕大篇幅轉述人類學者克魯伯（A. L. Kroeber）和克羅孔（Clyde Kluckhohn）的《文化：關於概念和定義的檢討》（*Culture: A Critical Review of Concepts & Definitions*）一書來分析文化的意義。克魯伯與克羅孔此書是一名著，但實是一煮乾的書，全書就是在陳解一百六十四個文化的概念。這一章，嚴格地說，不應該在一般書中出現，至少不應佔許多篇幅。但是我們卻不能不了解作者的動機，因為近代中國知識分子，從大學士倭仁，1867年給同治皇帝的奏摺算起，到現在已經九十八年，在這近百年的文化論爭中，從文言的論爭到白話文的論爭，不知白了多少人的頭髮，也不知浪費了多少紙墨，可是大家卻是隨意地談文化，把「文化」看做一團麵粉，可以使之圓，也可以使之方，可以使之短，也可以使之長，大家都是讓文化來貼就自己的意見，而不去理解什麼是文化，於是此一是非，彼一是非，根本沒有一共同的認知的標準。作者說：「在這麼多的爭論之中，大家都忙著各抒己見，或者抨擊對方，然而，如前所述，關於文化究竟是什麼這個基本問題，卻很少人去把它弄清楚到一個足夠的程度，這也許正是近代中國文化問題之一吧！」(頁29)的確，「文化」一詞意義的混淆是中國文化論爭不容易產生結果的主要原因之一，伏爾泰(Voltaire)說過這樣一句話：「假使你願意和我說話，請你先把你所用的名詞下個定義。」我以為這是中國近代知識分子應該引為座右銘的。

(四)本書的第四個優點是本書所探索的角度非常廣，而所發掘的層面卻非常深。這當然與我前面所說的幾點有關，因為「科際整合方法」的運用就是廣度與深度的雙軌發展。說文化問題，如果只知其一而不知其二，就失之偏頗；如果只知其表面而不知其內層，就是隔靴搔癢。作者的勤讀(我們從他書中的注腳可得證明)使他能廣，作者的「透視力」(隨處可見)使他能深，我以為第三章、第四章、第五章最足以支持我的說法，也是本書的精華所萃，特別是第三章中談「文化的變遷」、「本土運動」、「文化特徵」、「文化價值與生物邏輯過分違離的問題」、「文化所在的層次、原料和功能」，第四章中談「家」、「中國社會的基型」、「社會的層級」、「我族中心主義」、「隔離和心理凝滯」、「合模要求」，及第五章中談「家的瘦化」、「孔制的崩潰」、「本土運動」、「代間緊張與衝突」幾節，從中不時可以體味作者的苦思與創力。就對中國文化特質與缺點的分析，西方文化衝擊的本質，義和團事件、五四運動的評價以及最近「接棒事件」的看法，在在都證明作者已突破「古、今、中、外」的觀念的限制，掙斷人間關係的紐帶，而客觀地陳示了真相，這不僅需要心智的誠實，還需要心智的勇氣。

(五)本書第五個優點是作者思考的成熟(特別是相對於一般知識分子而言)。這一優點也是與上述幾點有其關係性的。中國百年來的知識分子，由於氣盛於理，情緒的鼓動掩蓋了認知的努力，大都脫離不了作者所舉列的「受挫折的群體情緒」、「傳統跟隨」及「心理方面的違拗作用」三種心理上的迷霧，所以，「對中國文化很難不落入擁護和打倒這一風俗習慣之中」(頁3)，要不就落入調和折中的和事佬思想中。五四以來，不能否認，「西化」派可算是得勢的一派，這一派的得勢隨著保守派的無力與西方科學技術的日益發達而加增，但近幾年來，有些全盤西化論的主張者已放棄了五四當年西化派的重新估價的論辯態度，而走上為反對而反對，見古就打的「反偶像主義」的道路上去（反偶像主義常激起反反偶像主義）。這大都是出之於一種「心理上的違拗作用」，其不受理智的導引，而任憑情緒的驅迫則與僵固的傳統主義者了無所異，不過九十九步與一百步之別而已。全盤西化論者，從最好的觀點看，他們的動機在道德上是不錯的，因為他們希望中國快點西化、現代化，以走上強國之路，但理論上則是不可能的。殷海光先生說得妙：「嚴格地說，主張全盤西化的人，連『全』、『盤』、『西』、『化』這四個漢字也不能用，用了就不算『全盤西化』。」（頁412）作者在書中對西化主張的批評，劃分為兩個層次：（A）是全盤西化有否必要，這是一個價值判斷的層次；（B）是全盤西化有否可能，這是一個經驗事實的層次。作者指出『全盤西化』在價值判斷上言既無必要，在經驗事實上又無可能，實是極深刻而正確的。關於此，筆者年前在中國文化學院為新聞系全體同學所講的「隔著太平洋的二重相思」的一篇講演中，也恰恰用這個方法批判了全盤西化論者。殷海光先生在本書中，有這樣的嚴肅的批評：「近半個世紀以來，中國有許多『新青年』厭惡舊的。有條件地厭舊是可以的，無條件地厭舊則不可，對於舊的事物保持一個合理的保守的態度，可以構成進步求新的動力。」（頁280）「批評舊的價值和道德倫範是可以的，但是，批評這些東西，並不等於一概不要，一概不要則歸於無所有，完全無所有則生命飄盪，而啟導性的批評可能導致價值世界的進新。」（頁73）他更進一步指出：「我無從同意對人造的學説『要接受就得整個接受，要反對就得整個反對』這種原始而又天真的態度！社會文化的發展是具其連續性的，於是抽刀斷水水更流，我們想不出任何實際的方法能將傳統一掃而空，讓我們真從文化沙漠上建起新的綠洲。為維護傳統而維護傳統固然沒有意義，為反對傳統而反對傳統也沒有意義。」（頁616）作者這些觀點是以文化學、人類學的知識為基底而説的，這顯然是五四以來文化論爭的塵埃落定後的清明的審察，作者説這些話，絕不是時下流行的廉價的文化觀，他既揚棄「反偶像主義」，也不願作知識上和道德上的鄉願主義，或知識或道德上的折中主義者（頁603），而是以各種科學（不是玄思）做根底，從新「創建一個新型的文化」（頁458）。他所提出的是「現代化」的道路，他説「不接受現代化，只有滅亡」（頁54），而中國的現代化必起於對中國文化內層的改造，即其基本價值、道德倫範和重要思想的改造（頁472），主要的是通過「啟導性的批評」以導致「價值世界的進新」。作者所謂中國文化的進新是放在一世界架構上談的，他説：「中國文化是『世界文化』大家庭的一個分子，而且確實是一個重要分子，何況中國文化在道德方面過去曾有重要的建樹，作為中國文化分子之一的人，有義務也有權利將中國文化在這一方面的優長加以更新。」（頁633）鑒於這個認識，作者在「現代化的問題」與「道德的重建」兩章中（特別是後者），投注下無限的心力。這也許是作者用力最多的所在，這兩章所陳示的論點雖然有顯得脆弱的地方，但別忘這是一件極艱難的工作，可是整個的觀點則是走向成熟的了，至少已經為這方面的問題作了成熟的思考。這兩章，強烈地透露了作者在文化上的世界主義（cosmopolitanism）氣味，及在感情上的民族的區域主義（provincialism）性格。

丙、本書的瑕疵

寫書評是不能戴有色眼鏡看的，否則所看到的不是所要看到的對象的顏色，而是眼鏡本身的顏色。這樣對作者是一不公平之事，對讀者則是一侮辱欺詐之事。我想寫書評至少應有一種「心智的完整」，對於一本書的優點、缺點都應該指出來。當然，假如這本書是毫無瑕疵的話，那麼，我本可以「此誠巨構也」一語打住了，但事實上，殷書是有瑕疵的，至少我個人認為有。

（一）本書的第一個瑕疵是本書在結構方面沒有嚴守「系統分析」的方法。儘管作者並沒有明言他是用「系統分析」著手的，但在他的序言裏至少透露了這樣的消息。因此，我個人以為至少「民主與自由」、「世界的風暴」及「知識分子的責任」三章不應該放到這書裏，儘管這三章有極精闢的言論，有很深摯的責任感，但這裏所陳示的與全書所作的「分析型模」的努力恰巧背道而馳，因為這三章裏，大都只能算是作者個人思想的傾向和主張，而不是中國文化發展的經驗事實的分析。因此，我覺得這三章是有害於全書的結構與方法上的統一性的。當然，作者的目的在「試行導出中國社會文化今後可走的途徑」，那麼這三章又似乎是應該保留的。可是，無論如何，從本書的書名，特別是本書的英文名字*Reappraisal of Cultural Change in Modern China*來看，這三章是可以不要的。最好的辦法是換一個面向來討論(這一點我後面還要談到)，可把這三章放到本書的附錄裏去。

(二)本書的第二個瑕疵是作者自覺與不自覺地為「傳統」與「現代」兩個對立的觀念所限制，而忽略了傳統與現代之間的「過渡」這一個面向的中國文化問題。特別是百年來的社會變遷，我們不能不考慮到社會結構、經濟組織，因西方技術輸入而引起的無形但卻重要的變化，這些轉變事實上已改變了中國文化的面目，改變了中國知識分子的地位，這我們只需看一看現在的社會結構，及新興的社會秀異分子的角色就可了然。現在中國的社會已不像從前那樣的富有單一性，而是走上了繁複性的道路，中國現代社會的基型已不是純粹的滕尼斯(F. Tonnies)所說的通體社會(gemeinschaft)或聯組社會(gesellschaft)所可說明，中國現代社會正進入通體社會與聯組社會的中間地帶，特殊主義(particularism)已漸趨向普遍主義(universalism)，功能普化的(functionally-diffuse)已漸趨向於俗世化的。總之，傳統社會的基型已在瓦解，但現代社會的基型則尚未建構化，中國社會正進入到一個過渡社會中，而中國人(特別是中國知識分子)已成為一過渡人，而過渡人則生活在一「雙重價值系統」中，過渡社會是一「廣大的發展的持續面」(larger developmental continuum)及「一動態的範疇」(a dynamic category)。殷先生的著作中似乎不自覺地為「傳統」與「現代」的「理論上的兩級性」(theoretic polarization)所制限，而沒有看到(至少沒有強調)傳統與現代之間的「過渡」這一個面向；這是許多西方學者所忽略的，但最近學者們已努力糾正了這一缺憾，奧蒙(G. Almond)、李維(M. Levy)、冷納，特別是雷格斯(F. W. Riggs)等已成功地彌補了這項缺憾。我以為我們如能把握「過渡」這一面向，那麼對中國文化的展望會有更貼切的理解。

(三)本書第三個瑕疵是作者在嚴格的分析方法中偶爾「技術犯規」，而不免有「感情走火」的現象發生。人是有感情的動物，特別是在討論與己身有關係的文化問題的時候，常會自覺或不自覺地摻入個人的好惡的氣氛。殷書雖然是我所看到的「技術犯規」極少的一本，但由於作者的一種「心智的傲慢」(一個有學術見解的人，在中國現階段的知識水準裏，常易於有這種心智上的趨向)，使他的知識上的客觀性受到了傷害，我這裏不想作細節的枚舉，而只指出一個事實，即作者在第九、第十兩章中並沒有給另一個重要的主張安放一個適當的位置，這一個重要的主張即唐君毅、張君勱、牟宗三、徐復觀四位先生在1957年前所做的文化上的共同宣言。姑不論這個主張的內容是否應予贊同，這是另一回事，至少這是五四以來一個思想上已趨成熟的看法，他們的見解正代表了新儒家的觀點(如宋儒稱為新儒家，那麼他們應該是新新儒家），也代表了一個文化上的重要運動，而這個運動並不是西化派與中體西用說所可賅括，因此，他們應佔有一相當的位置。殷先生可能對他們的思想模態不能有所欣賞，但作為一本以解析方法討論中國文化問題的書，作者有責任承認他們的位置，假使不予以「學術上」的，也應給予「歷史上」的位置。事實上，地球上有許多被西方文化衝擊的傳統社會，都普遍地發生了「新傳統主義」的運動，中東的埃及、敘利亞、伊朗等如此，亞洲的泰國、錫蘭等亦如此，不管你高興不高興，新傳統主義的勢力正在「過渡社會」中漸漸擴張，因此，殷著把這一現象有意無意地忽略，構成了本書的脆弱點之一。

（四）本書的第四個瑕疵是，作者在討論中國文化時沒有給中國社會中的最重要的制度——科層制度（bureaucracy）一個突出的位置。中國基本上是一個巨大的科層制度國家，我們要了解中國社會，要了解中國文化，這是一個關鍵性的鎖匙，我們拿不到這把鎖匙，對中國文化，中國社會就難以窺見其全貌。殷著對科層制度不是沒有討論，而是沒有給予應有的比重。中國文化中最影響知識分子的就是「內聖外王」的思想，一個知識分子的自我完成，必須經由誠意、正心、修身、齊家，進而治國、平天下，前半截是「內聖」功夫，後半截是「外王」事業，學者的工作只是「內聖」功夫（中國思想中最重要的是倫理思想），官吏的工作才是「外王」事業（中國思想中與倫理思想有同等重要性的是政治思想）。從中國的文化意識與社會結構來看，「士大夫王國」與「官僚王國」是相通，甚至是重合的，殷著注重了前者，而忽略了後者。

（五）本書第五個瑕疵是作者對某些重要詞語的內涵的解釋說得不夠清晰與透徹。譬如「現代化」一詞，作者僅以「俗世化」（secularization）與「革新」（innovation）兩個觀念來說明，這是絕對不夠的，「現代化」一詞可以從經濟學、社會學、政治學各種觀點來觀察，但至少除作者所提出的「俗世化」、「革新」之外，現代化之內涵尚有「都市化」、「工業化」、「普遍參與」、「媒介參與」以及「高度結構分歧性」等觀念。再如作者對「通體社會」、「聯組社會」這樣重要的詞語也討論得不夠清晰，而作者整個理論的發展卻似乎是以這些觀念作基底的。此外如對「權威」（authority）、「發展」（development），「始源團體」（primary group）等詞語的解釋也有修正或加強的必要。

三、結論

殷海光先生的《中國文化的展望》一書，認真地說，還有許多優點可陳，也還有許多瑕疵可列，但這篇「准書評」似乎已寫得太長了，我不得不趕緊收筆了。但在收筆之前，我願再說幾句話，以為結論。

《中國文化的展望》一書，是一個專業的思想者，以他相當深厚的知識訓練為基底而完成的一本具有獨立的創建性價值的書。它的確說出了些什麼，也解答了些什麼。

從這本書中，我們也許看不到太多替中國文化寶殿作的五光十彩的文飾，但是，我們卻可以看到一些在文化殘基上辛勤重建的磚石與資料。當然，不同思想模態的人不一定會欣賞這本書，相同思想模態的人也不一定會完全滿意這本書。事實上，像中國文化問題這樣的大題目，絕不是任何一個人可以談得周延與完整的。作者說：「這本書，算是我為研究並且思想中國近百餘年來社會文化問題一個簡略的報告。我希望這個報告對追求這個關係重大的問題之解答上可能多少有些幫助，我自知我的能力有限，可是我的願力卻無窮，我的這個工作只能算是一個草創的工作。」(頁4)我想，這並不完全是作者的謙虛，而是在接觸到這樣一個問題時令我們不能不謙虛，我們與其欽佩作者的「能力」，不如欣賞作者的「願力」。雖然我個人對作者的能力與願力是欽佩欣賞兼而有之的。

金耀基

香港中文大學社會學榮休講座教授，台灣中央研究院院士。曾任香港中文大學新亞書院院長、香港中文大學校長。

主要的研究興趣為中國現代化及傳統在社會、文化轉變中的角色。著述包括《從傳統到現代》、《中國文明的現代轉型》、《中國社會與文化》、《中國政治與文化》、《大學之理念》、《再思大學之道》、*China's Great Transformation: Selected Essays on Confucianism, Modernization, and Democracy*；散文集《劍橋語絲》、《海德堡語絲》、《敦煌語絲》、《人間有知音：金耀基師友書信集》等。

學術研究以外，金教授深好書法，為西泠印社社員，舉辦過「金耀基八十書法展」(2017年)、「西泠翰墨緣——金耀基書法作品展」(2019年)、「金耀基．林天行書畫展」(2021年)等。